JN215470

花嫁修業はご遠慮します

今夜はホクホクの栗ごはんが食べたい。そして週末あたり、肩下まで伸びた髪を切りたい。いや、これから秋が深まっていくのだから、寒くないようこのまま伸ばしてみてもいいかもしれない。

などと思っていた藤村一葉の耳に、不機嫌そうな声が届いた。

「誰が作ったんだ、この資料は」

営業企画部長、宮瀬だ。その場にいる全員に緊張が走る。

こういうときに限って優しい課長はいない。

一葉はそろそろと椅子から立ちあがり、宮瀬のデスクに向かった。

「……私です」

すると彼はパソコンの画面から目を離さずに、机上に置いたプレゼンテーション資料を顎でしゃくった。

「なんだこれは」

こちらを見ようともしない態度にかちんとしつつも、一葉は答える。

「なんだとは、なんでしょうか？」

「読みづらい、まとめ方がおかしい、わかりづらい。二時間も使って何をやっていたんだ？」

どうして、その資料の作成に二時間かかったことを知っているのだろう。

「き、きちんと先輩方に確認しながら作りましたが、不備がありましたか？」

そこでようやく宮瀬が顔をあげた。

彼は黙っていれば相当のイイ男である。

百八十センチ超えの引き締まった体躯に、スマートなスーツ、清潔感のあるサラリとした黒髪、クールな印象の瞳に、すっと通った鼻筋、嫌みのない薄い唇——いわゆる容姿端麗な彼に、大抵の女性は目を惹かれてしまうのではないだろうか。

一葉も第一印象はそう思った。けれど、それもいまは昔。彼のイメージは、すっかり最悪なものへと変わっている。

「教えてもらうのはいい。だが、これを自分で見て何も思わないのか」

「自分で、とは……？」

「気づくこともできないなら、お前がやるな」

抑え気味の声とはいえ、周りには絶対聞こえているはずだ。それに怯むことなく一葉はたずねた。

「どういう点がダメなのか教えてください」

「ただ上に言われた通りにやればいいってもんじゃない。営業事務は営業の仕事がスムーズに回るよう補助する役だ。お前はそれを根本的にわかっていない。地味な役回りでも事務がしっかりしてくれなければこちらも仕事ができないんだ」

「それはわかります、けど」

「初めてこれを目にする者の身になって作れ。考えろ、と言っている。十五分で作り直してこい」

宮瀬は再びパソコンに顔を向けてしまった。

「……鬼」

「何か、言ったか？」

顔をあげた宮瀬の低い声と鋭い視線に射抜かれる。一葉は、背中がぞっとした。元ヤンキーなのだろうかと疑いたくなるほどの表情だ。

「なっ、何も言ってません！　やり直してきますっ！　すみませんでしたっ！」

急いで素直に謝り、逃げる。ぐずぐずしていると、さらにどやされるのだ。それだけは避けたい。

一息つく間もなく、デスクに戻ると同時に電話が鳴った。

仕方なく、受話器をとる。

「はい、虹丘（にじおか）レザークラフトでございます」

一葉は営業事務を担当している。大学卒業後に入社して二年目の、まだまだひよっこだった。

「虹丘レザークラフト」は都内のビルに社を構える、老舗（しにせ）の革製品メーカーだ。「クラフト niji」というオリジナルブランドを展開し、バッグや靴、ステーショナリーなどを製作、販売している。

しかし数年前、新しいメーカーの台頭によりシェアを奪われ、十店舗あった直営店は五店舗を閉鎖していた。また、全国の百貨店やショッピングセンター内に入っていた店舗の半数を引きあげざるを得ない状況に陥（おちい）っていた。そんな会社に、危機感を持った社員が次々辞めていった時期に、一葉は入社したのである。

そして時を同じくして、赤字続きの会社を救うべくヨーロッパから呼ばれたのが、宮瀬だった。

宮瀬はドイツとイタリアで企画コンサルタントの仕事をしていたそうだ。敏腕マーケッターとして活躍中に、急きょ虹丘レザークラフトの営業企画部長となった。

彼は入社したその日から、社内にはびこる古い考えをとっぱらって、滞っていた企画の見直しと立ちあげを行い、利益率のあがらない商品を切りまくった。逆に質のいいものや新しいデザインは、どんどん取りこんでいった。

ホームページ、カタログ、広告、各店舗の内装に至るまですべてを一新させ、さらに営業戦略を根底から変えた。わかる人にだけわかればいいという、今までの一見様お断りに近い方針をやめ、虹丘レザークラフトの売りである「革職人」による製作現場を、しつこいくらいに宣伝したのだ。

それらにかかった費用は莫大なものだった。にもかかわらず、わずか一年半で社は赤字脱出をしている。彼はとんでもない男なのだ。

その宮瀬になぜか一葉は目をつけられているようで、何かというと仕事を命じられてはしごかれていた。

そんなことを思い出しつつ、一葉は電話の応対をする。

営業事務というのは、思ったよりも守備範囲が広いものだと就職して知った。電話の取次ぎ、商品在庫の管理や納期の把握、資料作り、発注メールの確認、営業との連携等、息つくヒマもない。

「藤村さーん、さっきのできた？」

電話を切ると、営業の男性、山中が声をかけてくる。宮瀬に呼ばれる直前まで作っていた書類の催促だ。

「うっ、ちょっとだけお待ちをっ！　あと少しでできますので」

汗を掻きつつ、パソコンを確認する。電話の処理をしなければならないし、資料の作り直しもやらなければばならない。

「いいよ、ふじちゃん。さっきの電話は私が対応しておくから、カタログナンバー教えて？」

「すみません、竹本さん！」

となりの席の竹本が助け舟を出してくれる。彼女は一葉より二つ歳上の先輩だ。

電話の件は彼女に頼み、即行で書類を仕上げる。

「山中さん、お待たせしました！」

「忙しいのにごめんね、急がせて」

「いえ、こちらこそすみません」

「ていうかさ、宮瀬部長が藤村さんを待ってるっぽい雰囲気がすごいんだよ。ほら、こっち見てる」

山中に目配せをされた一葉は、恐る恐る宮瀬のデスクのほうを向いた。離れたところからでもわかるほど、彼の視線が一葉に突き刺さっている。

「うぐ……っ」

思わず声が出てしまう。あの目で睨まれると進むものも進まない。一葉は部長から目をそらし、資料を手にした。

「十五分、だっけ？」

山中があわれみの滲む声で問う。

「も、もうやだ……無理に決まってるのに」

「ま、がんばれよ」

苦笑いした山中はプリントアウトした書類を掲げて去っていった。……あと五分しかないではないか。


どうにか資料を作り終え、昼休みになった。

「宮瀬部長って容赦ないよねー。私たち営業事務のことなんか課長に任せておけばいいのに」

「自分で全部チェックしないと気が済まないんだよ。特にふじちゃんに対して厳しいんだから、かわいそう」

昼食後のトイレはメイク直しの女性でにぎわっている。一葉は個室でストッキングを穿き直しながら先輩たちの話に耳を傾けていた。

「でもまぁ、あの部長がきて一年半だけど、確かに売りあげは伸びてるし、敏腕なのは認めざるを得ないかな。あと、ものすごいイケメンなのもポイント高いし」

「イケメンならいいってもんじゃないけど、やっぱりカッコいいよね。独身って話、本当なの？」

「本当らしいよ。指輪もしてないし」

「部長ならよりどりみどりだろうに、結婚しないのかなぁ」

「結婚なんて、できるわけがありません！」

トイレから出た一葉は、先輩たちの間から洗面所に割りこんだ。

「ど、どうしたの、ふじちゃん」

「あんなに神経質でうるさくて、血も涙もない男、結婚なんてできるわけがないっ！　ですっ！」

手のひらいっぱいに、泡のハンドソープを塗りたくる。そしてイライラした気持ちを静めるように、ごしごしと洗った。

「そーんなこと言って、もしも部長に……そうねぇ、もしもよ？　プロポーズとかされたらどうする？　ちょっとはその気になっちゃうでしょ？」

「あり得ないこと言わないでください」

トーンの低い声で答え、ふわふわの泡を水で一気に流す。

「だからもしもよ、もしも」

「即、お断りします。愛のない結婚は絶対にイヤですから」

「愛のない結婚って、そこまで部長が嫌いなの？」

アハハと、竹本とその同期の染谷（そめや）が声をあげて笑った。仲のよい先輩とはいえ、後輩をからかうのはどうなのだ。

「仕事に好き嫌いを持ちこみたくはありませんが、ひとりの男性としては非常ーに苦手なタイプです！」

鼻息荒く答える一葉に、先輩たちが怯む。

「ご、ごめんごめん、冗談だから」

「そんなにイヤがるとは思わなかったのよ」

なだめるように、ふたりは一葉の肩をぽんぽんと叩いた。

「わかっていただければ大丈夫です」

噂によると、宮瀬は社長の遠い親戚であり、また社長に実力を買われているため、役員たちも文句を言えないらしい。結果を次々と出す彼の言い分が正しいということもあるのだが。

どうせなら副社長にでもなってくれればいいのに。そうすれば、一葉と直接関わることがなくなる。

実際、社長は彼を役員に推したが、現場で動けなくなることを理由に宮瀬が断った、という話も聞く。出世よりも実を取ったのならば、そこは尊敬してあげてもいい……などと上から目線で密かに思う一葉だった。

忙しさが途切れた午後三時。前に座る染谷が電話を取った。

「いえ、こちらこそお世話になっております。はい、少々お待ちください。ふじちゃん、お家からお電話よ」

「えっ、私ですか？　すみません、なんだろう？」

自宅から会社に電話がくるなど初めてのことだ。……イヤな予感がする。

「もしもし？　うん……えっ、おばあちゃんが⁉　うん、わかった……また連絡する」

それは父方の祖母の、突然の訃報だった。

事情を聞いた先輩たちに促(うなが)され、一葉は宮瀬へ報告に行く。

「部長、すみません」

どうにか早めに帰らせてもらえないだろうか。状況を整理して説明しようとするけれど、上手い言葉が浮かばない。

「どうした」

「いま、父方の祖母が亡くなったと連絡が入りまして」

「え⁉」

宮瀬が目を見ひらいた。少し驚きすぎのような気がする。

一葉の祖母が亡くなったことで、何か支障があるのだろうか。

「部長？」

「いや……そうか。ご愁傷(しゅうしょう)さまです」

けれど、すぐにいつもの宮瀬に戻った。いまのはなんだったのか。

「恐れ入ります。それで今日は――」

「ああ、気にしないですぐ帰りなさい。重要事項だけ周りに伝えておけばいい」

「す、すみません。ありがとうございます」

宮瀬のほうから帰るように言ってくれるとは、意外だ。

だが正直、助かった。

祖父が亡くなったあと、祖母は自分たちと同居していて、一葉は幼いころから、おばあちゃん子だ。だからきっと動揺が隠せず、このあとも仕事にならないと思う。すでに頭が真っ白だったのだ。

一葉は宮瀬の気遣いをありがたく受け取った。


三日後、祖母の通夜がおこなわれた。祖母はたったいま眠ったばかりのような、穏やかな顔をしている。おばあちゃん子の一葉にとってそれが救いだった。

少しだが、時間が経ったことで一葉の気持ちはだいぶ落ち着いている。祖母との思い出を胸に呼び起こしながら、親族の席で弔問客に会釈をした。

祖母は短歌の会や絵葉書の会、歩こう会などの趣味の集まりに多数、参加していた。また、着付けの師範でもあったので、関係者がたくさんきている。

「かずちゃん、あっちいこー」

焼香が長く続き、途中、従姉の利恵の子ども――美春が、一葉の黒いスカートを引っ張った。

「ダメよ美春。もうちょっとだけお座りできる?」

利恵が小さな声でたしなめる。

「いいよ。美春ちゃん、行こう」

「いいの?」

申しわけなさそうに言う利恵に、一葉は小さく笑った。

美春はまだ四歳だ。通夜の席に飽きてしまうのは仕方がない。利恵は下の子どもの乳児の世話で疲労しているし、利恵の夫はその子を抱っこしていて手が空かないのだ。これくらいなんでもない。

「大丈夫。私もおトイレ行きたいから」

「じゃあお願い。ごめんね」

「ううん」

一葉はそっとその場を離れ、美春を連れ出した。葬儀会場から廊下に出る。

「ん?」

ふと、受付にいる男性の後ろ姿が目に留まった。

「……宮瀬、部長……?」

一葉は無意識に鬼上司の名前をつぶやいていた。

(まさか、ね。こんなところにいるわけないけど、でも……)

「かずちゃん、ジュース飲みたい」

「え、ああ、うん。買いにいこう」

一瞬、確認しようか迷ったものの、美春に引っ張られて、男性とは反対方向へ歩き出す。

——どこか寂しげな、疲れの見える背中が、似ていた。

思わず、廊下の大きな窓ガラスから外を見る。夏の強い日差しは鳴りをひそめ、木々に柔らかな光を落としている。そう、あれはちょうど一年前の、こんな季節の朝だった。

――入社して半年がすぎた、十月初め。

「まだ暑いなぁ。朝からイヤになっちゃう」

その日、残していた仕事が気になっていた一葉は、早めに家を出て会社に向かっていた。

「あ、可愛い。デスクに飾ろうかな」

早朝から開いている花屋の前で立ち止まる。

白のピンポンマムというまん丸の菊や、白いフリージア、ピンクやチョコレート色のコスモスをあしらった秋らしいプチブーケが気に入り、購入した。

社に着いた一葉は、制服に着替えてすぐに給湯室へ向かう。小さな花瓶にプチブーケを活けた。可愛らしい花が揺れる様子に、思わず笑みがこぼれる。

今日も一日頑張ろう。素直にそう思えた。

そして、元気よく自分のフロアに入る。

「宮瀬、部長……？」

部署内で一番に出勤した一葉が目にしたのは、宮瀬がデスクでうたたねしている姿だ。

社へ引き抜かれてから半年間、宮瀬は誰よりも早く出社して、毎晩残業をしていた。何時に帰っているのかまでは知らない。

部下に対する以上に自分に厳しい彼は、連日の忙しさで相当疲れていたのだろう。

(もしやひと晩じゅう、ここにいた……？)

宮瀬の昨日のスーツを思い出そうとしたが、わからない。

一葉は花瓶に活けた花を半分抜き取り、自分のデスクに置く。そしてまだ目を閉じている宮瀬に忍び足で近づき、花瓶のほうを彼のデスクにそっと置いた。

けれど、宮瀬に背を向けたあとで考える。

(お疲れさま、っていう意味なんだけど……余計なことをするなって怒られちゃうかな。よく考えたら、部長はお花なんて好きじゃなさそうだし)

やはりやめようかと思った、そのとき。

「……ありがとう」

後ろからひとこと、声が届いた。

「え？」

振り向くと、目を覚ました宮瀬がこちらを見つめている。夏よりも低いところから入る朝日が彼を優しく照らしていた。

一葉はほんの数秒、その姿に見入ってしまう。朝の光よりも、飾った花よりも、彼の姿が美しく見えた。

「綺麗な花だな」

宮瀬の言葉にハッとする。

初めて目にする穏やかな彼の微笑みに、一葉の胸がきゅっと痛んだ。なんの痛みなのかはわからない。常に厳しい宮瀬とふたりきりだからか、見たことがない表情に戸惑ったせいなのか。

「これは、なんという名前の花だ？」

宮瀬は花瓶の花を、長い指で弄んでいる。花の名前など気にするようには思えないのに、意外な質問だ。

「どの花ですか？」

「この丸いのだ」

白い花が指さされた。

「ピンポンマム、だと思います。菊の一種です」

一葉が答えると、宮瀬は目を細めて花を眺める。

「へえ、菊なのか……可愛いな」

「っ！」

「どうした？」

「い、いえっ」

またも意外な言葉を聞いてしまった。他の女性社員たちが聞いたら卒倒ものかもしれない。一葉にはそんな効果はないが。

「それにしても、藤村」

「は、はい」

きりっとした声を受けて背筋が伸びた。先ほどの穏やかな表情は消え去り、いつもの宮瀬に戻っている。

「今朝は早いな。何かあったのか？」

「昨日やり残したことが気になって、早めにきました」

「そうか。まぁ、頑張れ。わからないことはそのままにしておくなよ」

「はい」

一葉は今度こそ宮瀬に背を向け、自分のデスクに戻った。もう少しだけ、彼の貴重な姿を見ていたかった、かもしれない――


当時のことを思い出した一葉は、自販機の前で苦笑する。

「そんなこととっくに忘れちゃってるよね、部長は」

「かずちゃん、なぁに?」

「ううん、なんでもない。なんのジュースがいい?」

「オレンジ!」

「じゃあ私は紅茶にしようかな」

――ありがとう。

あのときの宮瀬の声が、なぜか耳に残っていた。


祖母の四十九日がすぎた十一月中旬の土曜。深まる秋が冬の準備を始め、寒さを連れてくる。

一葉はリビングで録画をしておいたドラマを観ていた。そこへ父母がそろってやってくる。

「……おばあちゃんの遺言?」

「ああ、そうなんだ」

正面のソファに座った父母は真剣な表情だ。思わず一葉も姿勢を正す。

「いろいろ記載されているうちのひとつに、一葉の許嫁に関するものがあったんだ」

「私の、許嫁!?」

あまりにも予想外のことを言われたため、一葉は前のめりになって声をあげた。

「私たちも驚いたのよ。おばあちゃん、生前にそんなこと、ひとことも言ってなかったから」

「お相手は、おばあちゃんの初恋の人のお孫さんなんだ」

「な、何それ……」

動揺する一葉とは逆に、両親は落ち着いている。

「おばあちゃんの初恋の人は旧華族の家の男性だったそうだ。身分違いで当時叶えられなかった夢を、孫同士の婚姻で叶えたい。そういう遺言だったんだよ」

許嫁だの、旧華族だの、いったいいつの時代の話なのだ。

「そんな時代錯誤な話はおかしいよ。初恋の人との夢を叶えたいだなんて、それじゃあ、おじいちゃんがかわいそうじゃない」

「いやそれが、父さん——おじいちゃんは、おばあちゃんに初恋の人がいるってわかってて結婚したようなんだよ。もちろん、結婚してからは仲睦まじい夫婦だったんだが、おじいちゃんのほうが気にしてたらしいね。そういう約束をしていたなら孫に夢を託してもいいんじゃないかと」

「なんで孫なの？　自分の子どもじゃなくて」

「お互いに男しか生まれなかったからみたいだ。俺も含めて。だから孫に、と思ったんだろうな。それでもダメならもっと先にってことで、遺言に残したらしい」

父は母が淹れた緑茶をごくりと飲んだ。

混乱した一葉は、なおも父に詰め寄る。

「で、でも、おばあちゃんがそう思っていたからって、向こうの人だっていまもそう思っているとは限らないでしょ？」

遺言で結婚するなどまっぴらごめんだ。顔も知らない男性と諸々をすっとばして婚約なんて絶対にイヤである。

「それがね……おばあちゃんのお通夜にきてくださっていたのよ、その方」

そう言いながら、母も茶を啜った。

「え？」

お通夜にきていた……？　そんな若い男性がいただろうか？

「あ……」

思い出したのは、宮瀬に後ろ姿が似ていた男性だ。あの人が、その旧華族の孫だった？

「それで先日も、おばあちゃんのほうに孫の婚約についての遺言があるか、確かめにいらしたんだ」

「おばあちゃんの初恋の方は、二年前に亡くなっていらっしゃるそうよ。当時、あちらの遺言状でうちのおばあちゃんのことを知って、こちらの事情を調べたらしいの」

「おばあちゃんに家庭があるのを知り、昔の話を持っていっても迷惑だろうということで、この話は消えかかっていたらしいんだ。だが、おばあちゃんが亡くなったのを聞いて、通夜にきてくださってね。それで後日、あちらのことを教えてくれた。初恋の相手同士、本当に遺言していたことを確認し合ったよ」

故人が遺(のこ)したものをむげにできないのはわかるが、やはり理不尽だ。

それにしても、と、一葉の頭にひとつ疑問が浮かぶ。

「どうしてあちらは、おばあちゃんが亡くなったことがわかったの？」

「それは……まぁ、あとで教える。とにかくだな」

父がこほんと咳ばらいをすると、母が身を乗り出した。

「一葉、花嫁修業に行ってらっしゃい」

「へ……？」

聞き慣れない言葉に一葉は首をかしげる。

「昨日ね、お父さんとそのお宅に行ってきたのよ。本当に華族のお家(うち)だったわ。いまと違って、昔なら許されない関係――身分違いだったというのがわかるほど、すごいお宅なの。だからあなたがあちらの家に慣れるためにも、花嫁修業をしたらどうかって言ったのよ。そしたらすぐいらしてくださいって。だから早速、明日の日曜日から行ってらっしゃい」

次から次へと出てくる現実味のない話に、ぽかんとしていた一葉だが、明日行けと言われて意識がはっきりした。

「は、花嫁修業とか！　それこそ時代錯誤だよ！　おばあちゃんのことは、大好きだよ。でもいくらおばあちゃんの遺言にあるからって――」

「あなた、彼氏はいるの？」

母の冷静な声に遮（さえぎ）られる。

「な、何よ急に。……いないけどさ」

両親の前で告白するのは恥ずかしすぎるが、隠しても仕方がない。

一葉は、この歳（とし）までまともに男性とつき合ったことなどなかった。高校生のころ、好きな男子と手をつないで帰ったことがあるくらいだ。

「私はね、一葉！　あなたをそろそろ自立させなくてはいけないと思っていたのよ！」

突如、母が厳しい顔つきに変わる。

「自立？」

「そうよ。いい加減に、考えてもらわないとね」

ため息をつく母を見て、一葉はやれやれと肩をすくめる。

「ひとり暮らしもしないで、いつまでも実家にいるから？　っていうかさぁ、いまの時代、なかなか外に部屋を借りられないでしょ、お給料少ないんだし。お母さんたちのころとは違うんだよ」

「そういうことを言ってるんじゃないの。いい？　あなた、なーんにもできないでしょ？　お料理も、お洗濯も、お掃除も、やろうともしないで、みーんな、お母さんに任せっきりじゃないの」

「だって私、働いてるんだもの……」

朝から晩まで会社で働いてくたくたになり、家に帰るともう何もしたくなくなる。それは父だって同じだ。自分ばかりが責められるのはおかしい。

都合のいいことを考えながら、一葉はソファの背もたれに体を預けた。

「あのねぇ、お母さんだってパートに出てるのよ？『いまの時代』は男女平等、結婚しても共働き、家事は夫婦で分担、なんでしょ？」

父がぎくりと肩を震わせる。

「いつまでも何もできませんでは通用しないの！」

「それは……そう、かもだけど」

一葉は父が小さくなる気配を感じ取り、自分も肩を縮ませた。

「家にいたら結局、何もしないいんだから、外で鍛えてもらいなさい。それにね、旧華族のおうちなのよ。ちょっと興味ない？」

「全然ない」

「あなた『華族』というものを全然わかってないでしょ。世が世なら貴族よ？お嫁さんは、それこそ家のことをしっかりできなければならないいんだから。それであちらに、花嫁修業をさせてくださいってお願いしたのよ」

「だから勝手に決めないでってば……！それにまだ私、結婚する気なんかないよ。向こうもきっと迷惑だって」

「あら、あちらはぜひにと言っていたわよ？」

「どうしてみんなノリノリなのよ……、なんで反対しないの」

相手のお宅の気持ちもわからない。いい家柄の人たちが、顔も知らない一葉のことをよく受け入れる気になったものだ。

「私がものすごい美人なモデルだとか、企業家のキャリアウーマンだとか、せめてそういうのだったらいいかもしれないけど、どこにでもいるような十人並みの容姿の平凡な育ちの娘なんて、どうせ最終的には受け入れてもらえないよ」

「卑下しすぎないの！　一葉は可愛いわよ、お母さんが保証する」

「お父さんも保証するぞ」

親バカなふたりを前に一葉はため息をついた。両親は何を考えているのか。

「別に結婚しなくたっていいのよ。とりあえず行けば、きっと……おばあちゃんも喜ぶ」

一葉の胸がずきんと痛んだ。どんなときも一葉に優しかった祖母を思うと、いまも涙が出そうになる。

どうせなら祖母の口から聞きたかった。そうすればまだ、納得できたかもしれない。

「……じゃあ、自分で行って、直接断ってくる。それならいいでしょ？」

「そうね。どうしてもあなたがそうしたいなら、遺言には沿えませんって言ってらっしゃい」

イヤがっているのが自分だけなら、それしかないのだろう。覚悟を決めた一葉は、いったんお茶を飲んで心を落ち着かせた。

「ところで、相手はなんていう人？　写真はないの？」

素性はわかったが、どういった人なのかくらいは知りたい。

父が顔をしかめる。

「写真は……ないな」

急なことだから、それは仕方がないか。

「じゃあ名前は？」

「宮瀬克さん、三十二歳だそうだ」

「……は？」

一葉は思いきり顔を歪めて問うた。聞き間違いだろうか？

「だから、宮瀬克さんだ。お前は二十四歳だから、八歳差だな」

父は一葉に聞こえるよう、はきはきと繰り返した。

「みっ、宮瀬っ!?」

「どうしたんだ？」

「う、ううん。別に」

反射的に叫んでしまった。いくら苦手な上司と同じ名字だったからといって、動揺しすぎだ。しかし――

（部長の下の名前ってなんだっけ？　全然覚えてないんですけど……）

大丈夫だ。そんな偶然あるはずがない。「宮瀬」という人は星の数ほどいるではないか。

一葉は気を取り直し、別の質問をする。

「どんな人だった……？」

「すっごいイケメンよ！　こう、なんていうのかしら涼しげな笑みを浮かべてる……とにかくイケメン！」

「あとは？」

母の語彙力のなさはさておき、父にたずねる。

「穏やかで余裕のある大人の男性、という感じだな。とてもにこやかな方だったよ」

穏やかでにこやかな男性ならば、絶対に違う。部長のはずがない。一葉は胸をなでおろした。

（まぁどうでもいいけど。っていうか、部長と同じ名字っていうだけで、もうあり得ないでしょ。遺言相手さんには悪いけどイメージダウンにつながっちゃったし、うん、ないない）

一葉は婚約を断る算段を頭の中に並べた。

翌日の日曜日。

午後のお茶の時間に宮瀬家へ呼ばれているということで、一葉は教えてもらった住所をスマホで検索し、確認しながら歩いていた。街路樹の銀杏は輝く金色に染まっている。

くるみ色のワンピースにトレンチコートを羽織る一葉は、吹いてくる風に身を縮ませた。そろそろ秋は終わり、冬がやってくるのだ。

「あ、あれ？　なかなか着かない……」

さっきから同じところをグルグル回っているような気がする。

それでもスマホの指示通りに進み、ようやくたどり着いた門の前で驚愕した。

「ずっと続いていた外壁は、この家のものだったの⁉」

路地に沿って続く長い長い外壁の内側には木々が植えられており、中は見えない。一葉は、そこを公園か何かの施設――例えば美術館や資料館だと思っていたのだ。

東京のど真ん中にある家としては、土地の広さが尋常ではない。さすがは旧華族である。

巨大な黒い門は閉まっていて、とても静かな雰囲気だ。門の向こう側の小道は、木陰のせいで薄暗く、どこまで続いているのかわからなかった。

時計を見るともうすぐ三時。日が陰り始めているし、急いで中に入ったほうがいいのだが……

「門が大きすぎる。って、いったいどうやって入ればいいの……？」

きょろきょろしていると、門扉の横に小さなインターフォンを見つけた。恐る恐るボタンを押してみる。

「はい、宮瀬でございます」

すぐに返答がきた。一葉は小型カメラに向かって口をひらく。

「藤村と申します。あの」

「藤村さま、お待ちしておりました。少々お待ちくださいませね」

そう言われたものの、その場で五分以上待っても、誰もやってこない。

「まさか門前払いとか……？　やっぱり庶民は無理なんだよ、お父さん」

ひとりごちた一葉が、スマホで父母に連絡を入れようとしたときだった。

ぎぎいという音を立てて、大きな門がゆっくりとひらかれる。

「お待たせいたしました。藤村一葉さまでいらっしゃいますね？」

背の低い、六十代前後と思われる女性が現れる。どこからやってきたのか、まるで気配がなかった。

「は、はい。藤村一葉です」

「私は家政婦をしております、田所須磨子と申します。以後、お見知りおきを」

須磨子は低い声のゆったりした口調で、丁寧にお辞儀をした。あわてて一葉も頭を下げる。

「こちらこそ、はい」

家政婦がいる家にお邪魔するのは初めてだ。雰囲気からして、一日に二、三時間きてくれる家事代行ではなく、長年ここに住み込みをしているに違いない。

「皆さまお待ちでいらっしゃいます。どうぞこちらへ」

「お邪魔します」

目の前は幅が三メートルほどある、石造りの小道だ。須磨子のあとをついていく。

両側に木々が連なる小道は、途中、ゆるやかなカーブを描いていた。そのせいもあるのか、まだ家がまったく見えない。

「ふふ……噂に違わず、お可愛らしいお嬢さまで」

「え？」

こちらを振り返った須磨子がつぶやいた。一葉を上から下まで眺めてにんまりと笑う。

「お邸はすぐですので、もう少々私についてきてください」

「はい」

「本当にお可愛らしい、ふふ、ふ」

不気味な笑みを浮かべた須磨子が、何度も一葉を振り返る。

（こ、怖い……。はたして私、無事に帰れるんだろうか？　噂に違わず、って……お父さんが私のことを可愛いとかなんとか言ったんだろうか。親バカで恥ずかしい……）

意外にも速足の須磨子のあとを急ぎ足でついていく。

秋風に木立がざわめき、枯れ葉がひらひらと落ちてきた。うっそうとした木々のせいで、午後三時だというのに夕暮れのように暗い。

小道のカーブをすぎると、ようやく家が見えてくる。家、というより館だ。まるで観光地にあるような、古く、大きな洋館である。

「立派なお宅ですね。……すごい」

近づく邸宅と自分の距離とを測り、一葉はつぶやいた。これでは門まで五分以上はかかるだろう。須磨子の到着が遅かったのもうなずける。

広々とした、イギリス式の庭園を手前に佇む二階建ての洋館。その一階は、アーチ状の大きな窓が三つ、並んでいた。二階は同じ大きさの格子窓だ。三角屋根の搭屋までついている。

建物の美しさに感心する一葉を、須磨子が振り返った。歩きながら宮瀬家について語り始める。

「大正時代に建てられたそうです。江戸時代に旗本であった宮瀬家は由緒正しい旧華族でして、先々代は株の取り引きや銀行とのつながりも――」

これでは父母が圧倒されたのも無理はない。祖母も、初恋の彼がこのような家の人では、あきらめざるを得なかっただろう。そしてそれは一葉も同じだ。

「本当に立派です。だから私みたいな庶民が嫁ぐなんてことは、あり得ませんよね」

いくら遺言があるからといって、身分違いも甚だしい。結婚しても上手くいくわけがないのは目に見えている。

「そうとは限りませんよ、ふふ、ふ」

さっきとは違う意味深な笑みを浮かべながら、須磨子は玄関ドアに手をかけた。

玄関へ入ったとたん、上品な香りがする。それに交じって古い建物特有の香りもした。図書館のような、美術館のような……

「いらっしゃいませ、藤村さま」

「ひっ」

突然男性に声をかけられた一葉は、恐怖におののく。

そこにいたのか、と突っこみたくなる場所に男性が立っていた。玄関に明かりはついているのだが、ここもまた薄暗く、奥まであまりよく見えないのだ。

今度は初老の男性だった。ひょろりとした体つきの、なかなかダンディなロマンスグレーである。

彼は家の中にもかかわらずスーツを着ていた。

「初めまして。私は宮瀬家運転手、兼庭師、兼執事、兼――」

「長いわよ」

須磨子はひじで男性の横っ腹をどつく。うっと呻いた男性が頭を下げた。

「失礼。代々宮瀬家に仕えております、岩波新次郎と申します。以後、お見知りおきを」

「は、初めまして。藤村一葉です」

一葉が挨拶をすると、新次郎が目尻にシワを寄せて微笑む。優しそうな人物だ。彼は須磨子を見て、ふうとため息をついた。

「まったく、私が玄関まで藤村さまをお迎えに行くと言ったのに」

「どうしても私がお迎えしたかったのよ。克坊ちゃんのご婚約者さまのお顔を、一番に拝見したくて」

「また腰が痛くなったらどうするつもりなんだ？」

ふふ、と笑う須磨子に新次郎が苦い顔をする。

「大丈夫よ、ここのところずっと調子がいいんだから」

「しかし――」

「あの……」

玄関から一向に進もうとしないふたりに、一葉は声をかけた。一刻も早く婚約を断ってさっさと帰りたい。

新次郎と須磨子がハッとした。

「失礼いたしました！　さぁ、こちらへどうぞ。須磨子さんはお茶を用意して」

「一葉さま、コーヒーでよろしいですか？」

「あ、はい。お気遣いなく」

「それではのちほど、お部屋へお持ちいたします」

須磨子はそそくさと、どこかへ行ってしまった。一葉は新次郎のあとについて、赤い絨毯（じゅうたん）の敷かれた暗い廊下を進む。

壁にぽつん、ぽつんと明かりはついているのだが、光量が少ない。よく見ると、それらは百合（ゆり）の形をしたアンティーク調の可愛らしい照明だった。いや、調ではなく、アンティークそのものだろう。この家は大正時代に建てられたと須磨子が言っていたではないか。

それにしても静かだった。

なぜか靴を履いている新次郎の足音と、一葉のスリッパがパタパタいう音しかしない。薄暗い館（やかた）にスーツを着た初老の執事、不気味に笑う家政婦——まるでホラー映画のようだ。そう思いついて一葉はぞっとする。その類（たぐい）のものにはめっぽう弱いのだ。

（夏じゃなくてよかった。ううん、秋でも怖い。いやいや、こんなの春夏秋冬いつでも怖いよ）

悶々（もんもん）と考えている間に廊下の突き当たりへたどり着く。角を曲がると、奥に大きな木製ドアがあった。

新次郎が立ち止まり、一葉も同じように足を止める。

「藤村さまをお連れしました」

ノックしながら新次郎がドアの向こう側へ声をかけた。

「どうぞ」

どこかで聞いたことがあるような男性の声が中から届く。声の主が一葉の婚約相手だろうか。体が緊張に包まれた。だが、びくびくしている場合ではない。しゃんとしなければ。

「藤村さま、どうぞ」

ドアを開ける新次郎に促(うなが)されて一葉は部屋に入った。

「失礼します」

広々としたリビング、もといサロンだろうか。なんと呼ぶのか知らないが、その部屋の中央に置かれた巨大なソファに男性が座っている。

「え……、あーっ!!」

驚きのあまり、声が飛び出た。

「人の家に入るなりデカい声を出すな、藤村」

よく知る男性が大きなため息をつく。そう、あの一葉が大の苦手とする「宮瀬部長」がソファに座っているのだ。いつものスーツ姿ではなく、白いシャツにカーディガンを羽織ってジーンズを穿いている。雰囲気は違うが、何度目をこすっても「宮瀬」に間違いない。

「あ、あ……う、嘘っ!」

単なる偶然の「宮瀬」であり、同じ名字でちょっと気分が悪いだけの話だと思っていたのに。

「いえあの、まさか……本当に？　宮瀬部長？　ですよね？」

一葉は失礼だとわかっていながらも、彼を指さした。声が震えてしまう。

「ああ、間違いなく俺はお前の上司、宮瀬克だ」

宮瀬――克は長い脚を組み直し、ひじ掛けに片ひじを乗せた。

「な、ななんで、部長がここに⁉」

「ここは俺の家だ。いたら悪いのか？」

克が口のはじで笑う。が、目は笑っていないのが離れていてもわかった。

一葉は姿勢を正し、お腹に力をこめる。

「部長の家だと知ってたら絶対にきませんでしたけど！　って、もしかして」

「なんだ？」

「私の祖母の葬儀に、いらっしゃいました……？」

話しながら気づいた一葉は、彼に問う。

「ああ、伺ったよ」

克が静かにうなずいた。

「やっぱり……。ということは、部長が本当に私の――」

「許嫁（いいなずけ）だ。俺がお前の、な」

「し、信じません！」

「俺もいまだに信じられないが、どうやら本当のようだ」

落ち着き払っている克の様子に一葉は絶句する。

なぜそうも素直に受け入れているのか。遺言で決められた許嫁（いいなずけ）など、この時代、断ればいいではないか。

「私は受け入れられません。ということで、ここで帰り――」

「うふふ、楽しい方ね」

ふいに柔らかな声がした。そちらを向くと、克とは別のソファに女性が座っている。話に夢中で克のこと以外見えていなかった。

「あ、すみません……！　ご挨拶もせずに」

「いいのよ、もっとお話聞かせてちょうだい」

穏やかで優しげな笑みだ。着物を着た、たおやかな雰囲気の人である。

「あの、あなたは……」

「克の母親、志緒子と申します。これからよろしくね」

静かに志緒子が立ちあがる。上品、という言葉がぴったりな女性だ。克の母だとすれば一葉の母より歳上だろうが、まるでそんなふうには見えない。

若々しく、おっとりした様子の彼女に見とれていた一葉は、あわてて頭を下げる。

「こちらこそよろしくお願いしま、ではなくて……！」

危うく、志緒子の雰囲気に呑みこまれるところだった。すぐさま顔をあげる。

「あら、どうしたの？」

「私、婚約はしません」

一葉はきっぱりと言い放った。志緒子が目を丸くする。

「まぁ……どうして？」

「祖母の遺言を大切に思ってくださったのは、とても嬉しいです。私もおばあちゃんが大好きだから、その願いを叶えてあげたいとも思います。でも、それと結婚は違うんじゃないかと。だから――」

「花嫁修業にきたんじゃないのか」

克が話に割って入った。彼はソファに座ったままでいる。

「それは……本当に婚約するなら花嫁修業でもなんでもやりますけど。っていうか、好きでもない部下と遺言のために結婚するなんて、部長だってイヤですよね？」

「俺は祖父の気持ちを大切にしたい。だからお前と結婚するのは一向に構わない」

「おじいさんのため、ですか」

「……そうだ」

祖父のためであって、自分のためではない。そして一葉のためでもない……結婚。

胸の中にもやもやとしたものが広がる。

「そんな愛のない結婚なんてイヤじゃないんですか？　私はイヤです」

一葉は首を横に振りながら克に訴えた。

「何事もやってみなければわからないだろう。愛が生まれるかもしれないじゃないか」

克が一葉を見つめる。

「は、はぁ？」

理解ができないと感じつつも、なぜか胸がドキッとする。イケメンにこんなセリフを言われたら、その気がなくても惑わされてしまうではないか。

そんな気持ちを振り払って一葉は口をひらいた。

「冗談もほどほどにしてください。では、失礼します」

歩き出そうとした一葉の背中に、克の言葉が投げられる。

「花嫁修業をする前から放棄するのか」

思わず足を止めた。

「……放棄？」

「やりもしないで逃げ出すんだろう？　この家のことを何も知らないのに」

振り向くと、克は立ちあがり、強い視線を一葉に向けていた。志緒子は困ったような表情で、彼と一葉を交互に見ている。

「に、逃げも隠れもしてません。だからこうして、ここまできたんです」

「会社にいるときは、もっと根性があるじゃないか」

「え……」

根性がある？

いままで克にそんなふうに言われたことはなかった。注意を受けるばかりで褒められたことなど記憶にない。

「お話中のところ失礼いたします。お飲み物をご用意いたしました」

須磨子がワゴンを押しながら入ってくる。コーヒーの香りが漂い、あたりを満たした。

「須磨子さんありがとう。とりあえずお茶にいたしましょう？　ね、一度座って、一葉さん」

「……はい」

「克も、ね？」

志緒子を困らせてしまったのは申しわけない。

一葉は彼女の言葉に従い、克のとなりに座った。それにしても恐ろしく座り心地のよいソファだ。

「お砂糖はおいくつですか」

「あ、じゃあふたつください」

「かしこまりました」

須磨子が丁寧に用意してくれたコーヒーのカップは、有名な陶器のブランド品だ。

「……いただきます」

コーヒーなど飲んでいる場合ではないのだが、とりあえず口をつける。飲みながらこのあとのことを考えようとしたが、口に広がる香りとコクのある苦みに、自然と顔がほころんでしまう。

「おいしい……！　です」

「よかったら、これも召しあがって」

志緒子が差し出したのは、お皿に綺麗に並ぶアイスボックスクッキーだ。市松模様はチョコとプレーン味だろうか。

「いただきます。ん……？　お、おいしい〜！」

歯触りのよいクッキーが舌の上でほろほろと崩れていく。バニラとチョコの豊かな風味がクセになりそうだ。

「お口にあったのなら、嬉しいわ。私が作ったのよ」

「本当ですか？　お店で売っているのよりも、もっとおいしいです！」

「ありがとう。うちは男と、私も含めて年寄りしかいないでしょう。だからあまり食べてもらえないのよ。一葉さん、たくさん召しあがってね」

志緒子が心から嬉しそうに微笑む。上品で若々しくて、そのうえ優しい。素敵な女性だ。

二枚目のクッキーを口にしたとき、克の視線を感じた。手を止めて、となりの彼を見る。

「うまいか？」

目が合うと同時に問われた。

「え、ええ」

「よかったな」

またも、普段なら口にしないような克の言葉に戸惑う。

彼もクッキーをひとつ手にして口へ放りこんだ。綺麗な食べ方をする、と一葉は思う。

会社の飲み会で一緒になったことは何度もあるが、近くへ座ったことがないので知らなかった。

こんな姿をじっくり観察するのは初めてだ。

コーヒーを飲んだ克が、再び一葉と視線を合わせる。

「断るのは、この家のことをよく知ってからでも遅くはないだろう。お前のおばあさんと、俺の祖父のことをもっと知りたくはないか？」

「それは……」

祖母の若いころのこと。

一葉に託された思い。克の祖父との関係。

ここにいれば、自分の知らない祖母の一面を知ることができるかもしれない。それはおばあちゃん子だった一葉にとって、むげにできない提案だ。

「知りたくないなら、構わない。何もしないまま逃げ帰って、ご両親に修業に耐えられなかったと話せばいいだけだ」

「に、逃げませんけど！」

「そうか。逃げないんだな？」

克がじろりと一葉を見た。

「う……」

ついうっかり、会社にいるときのクセで答えてしまった。売り言葉に買い言葉だったとも言えず、一葉は頭をフル回転させる。どうにかこの状況を変えられないだろうか。

「……十日間だけなら」

稚拙な思いつきだが、これしかない。

「なんだ？」

「お試し期間として、十日間、花嫁修業をするという約束だけなら、いいです」

とりあえず十日間この家で花嫁修業なるものをし、お互い合わないということがわかれば、期待する人たちにあきらめてもらえるだろう。克も目が覚めるはずだ。

「いいんじゃないか。十日間やってみて、先のことはそれから考えろ」

「いいんですか？」

あっさりと了承する克に拍子抜けする。

「しばらくこの家にいて、俺のこともたくさん知るといい」

「べ、別にあなたのことなんて、これっぽっちも知りたくはありません」

「えらく嫌われたもんだな」

ははっ、と克が笑った。今度は貴重な笑い声である。

克のことを知ろうが知るまいが、結婚しないことに変わりはない。一葉は祖母のことを知りたいだけなのだ。

「それじゃあ決まりね。一葉さん、しばらくここで楽しくすごしなさいな」

志緒子がホッとしたように声をかける。

逃げないと宣言したのだから、ここは腹を決めてやるしかないだろう。

「よ、よろしくお願いします」

一葉は改めて、志緒子に頭を下げた。

「今日はいったん家に帰って、今週中に、またここへくるといい」

立ちあがった克が一葉を見下ろす。シャンデリアの明かりが逆光になり、その表情はよく見えないが、背の高い彼に見下ろされると、いつも以上に迫力があって怖い。

克は百八十センチ超えだと先輩たちに聞いている。背の低い一葉と三十センチ近くも身長差があるのだ。

「……わかりました」

「泊まりこみな」

「え……ええっ⁉」

「必要な荷物をまとめて、ここに送れ。この家の住所は……知ってるな？」

「……知ってます、けども」

一葉の両親と克は会っている。克はそのとき、自分が一葉の上司だと伝えているはずだ。だからこそ、両親はこの結婚に賛成した。そう考えると辻褄（つじつま）は合う。そして、婚約者が祖母の亡くなったことを知っていた理由も、一葉が克に報告していたのだから当然だ。

父が言葉を濁（にご）したのは、克が相手だということを隠したかったためだろう。なぜ隠したのか、家に帰ったら追及しなければ。

それにしても、まさかの鬼上司と同居とは。

会社でどやされて、やっと仕事が終わって家に帰ってもまたそこに同じ上司がいる。勘弁してほしいという気持ちが知らず知らずのうちについ、顔に出てしまったらしい。

「できると言ったよな？」

ドスのきいた声を投げかけられる。頭上からの威圧感が半端ない。

「い、言いましたっ！　……やればいいんでしょ、やれば……！」

　一葉は半ばヤケで叫ぶのだった。


　その日の帰り、一葉は克に送ってもらうことになった。

　克が運転する車。その助手席に乗るなど、想像したこともなかった。彼のとなりに座るのは落ち着かない。

「ひとりで帰れるのに」

「いいだろう、俺が送りたいんだから。家に帰るまでに、未来の花嫁に何かあっては困るからな」

　しらじらしい嘘などつかず、本音を言ってくれたほうがましだと、また一葉の胸がモヤモヤする。

「いつも会社からひとりで帰ってるんですけど。それに、本気でそんなこと思ってないクセに、どうしちゃったんですか」

「思ってるよ」

「嘘です」

「どうして嘘だと思う？」

　不機嫌な声を出されると仕事中のやり取りを思い出してしまう。一葉はたじろぎつつ、克の顔色を窺（うかが）った。

「迷惑じゃないんですか？　私なんかが花嫁候補で」

「藤村は迷惑そうだな」

「だってそうじゃないですか。さっきも言いましたけど、おばあちゃんのことは大好きだし、おばあちゃんの願いなら叶えてあげたいと思います。でも、いくらなんでも、いきなり結婚だなんて」

「まぁそうだろうな。藤村お前、彼氏はいるのか？」

「……いたら、わざわざ部長の家まで行くわけがないじゃないですか」

「だよな、悪い悪い」

「ほんと失礼ですよね」

苦笑する克に腹を立てつつも、なんとなく聞いてみたくなった。

「部長は……？」

「俺？」

「恋人、いますよね？」

改めて間近で見る彼は、やはりかなりのイケメンだ。三十を超えた落ち着いた大人の雰囲気をまとい、仕事もデキる。性格はともかく放っておかれるのは不自然だろう。

「恋人がいるのにお前と婚約しようっていう、軽薄な男に見えるのか、俺は」

克が呆れた声を出す。

「そういうわけじゃないですけど、その……部長って、かっこいいと思いますし、先輩たちも恋人がいないようには見えないって、言ってたので」

「……かっこいい？」

克が顔をしかめて不審げに言った。自覚がないのだろうか？

「はい。みんなそう言ってます。結婚してないのが不思議なくらいだって。だから、平凡な私と結婚なんてイヤですよね？」

「俺は、本気でお前と結婚してもいいと思ってる」

真剣な声だった。一葉の胸がきゅっ、と痛む。

(別にときめいたわけじゃない……はずなのに、なんだんだろ、これ)

一葉は胸を押さえながらフロントガラスのほうを向いた。克の顔がまともに見られないのだ。普段の、部長の顔でいる克とのギャップが、そうさせるのかもしれない。

「どうして、結婚してもいいなんて思うんですか」

「どうしてなのか、うちへ花嫁修業にきてから教えてやるよ」

交差点の手前で車が停車する。赤信号だ。

「会社では普通にしていよう。知られたらお前が迷惑そうだからな」

「それは当然です。部長だって困るでしょうに」

「うちは社内恋愛禁止ではないぞ？」

ハンドルに手を置いていた克が、こちらを覗きこむようにして言った。

「……っ！」

一葉の顔がぼわっと熱くなる。男性に免疫がないのだから、こんなにそばにこないでほしい。

それに、社内恋愛？　この鬼上司と自分が……？　あり得ない、絶対にあり得ない……！

「もしかして藤村、お前……」

「は、はい？」

「そんなに真っ赤になって、恋愛経験があまりないのか？」

「うっ、なっ、何を」

「やっぱりそうか。……可愛いな」

克がクスッと笑った。

「かっ……!?」

可愛い!?

耳を疑うと同時に、車が発車した。

恋愛初心者なのは確かだ。それを見抜かれたのは仕方ないとして、あの部長が自分を可愛いなどと……、天変地異でも起きるのではないだろうか。

とにかく、だ。

一葉は背筋を伸ばして平静を取り戻す。

克を含めた宮瀬家は、なぜか一葉を受け入れている。それも好意的に。一葉の両親もこの結婚には賛成のようだ。反対しているのは一葉だけ。気を抜いたら、なし崩しに結婚することになってしまう。いったいどうすればいいのだろうか。

「ここでいいのか」

「えっ、あ、はい」

そんなことを考えているうちに車は家の前に着いていた。

「じゃあな」

「ありがとう、ございました」

「ご両親によろしく」

「……はい」

シートベルトをはずしてドアに手をかける。出ようとしたとき、克に二の腕を掴まれた。

「なっ、なんですか」

焦る一葉とは対照的に克が意味深に笑う。

「楽しみにしているからな」

「はい?」

「お前が俺の家にくることだよ。……楽しみにしてる」

冗談には思えない表情に、胸の鼓動が速くなる。

「し、失礼しますっ!」

振り切るようにして車のドアを開けた。秋の夕暮れは早く、一葉の足元まで群青色になっている。

一葉は去っていく克の車を見つめながら、小さく息を吐いた。


「お父さん! 宮瀬さんが私の上司の宮瀬部長だって、知ってたの!?」

一葉は家に入るなり、リビングのソファに座っていた父に詰め寄った。

「……知ってた」

「どうして言ってくれなかったのよ⁉」

気まずそうな顔をする父に問う。知っていたら、それなりの心構えもできていたのに。いや、そもそも克だとわかった時点で即、断ることができた。

キッチンから出てきた母がダイニングテーブルに夕飯の準備を始める。

「お母さんも、どうして⁉」

「だって、教えたらあなた、絶対に行かないって言いそうじゃない」

「それはそうだよ。毎日顔を合わせてる上司だよ？　そんな人が婚約者だとか急に言われたって無理」

戸惑う一葉をよそに、テーブルには、豆腐サラダと鳥の唐揚げ、里芋などの根菜の煮物が並べられていく。

「宮瀬さんもそれを懸念してたなぁ。宮瀬家で一葉と会うまでは、言わないでほしいと」

父の言葉に首をかしげる。

克が懸念……？　彼はそうまでして祖父の遺言を守りたいのだろうか。

「とにかく、みんなで騙してたのね」

「一葉と同じ会社の方、それも上司なら安心だと思って婚約に賛成したんだよ。彼は一葉のことをよく見ていてくれたみたいだし。まぁ、言わなかったのは悪かった。ごめん」

予想通りの答えである。

「……荷物、部屋に置いてくる」

一葉は手を洗い、部屋で着替えて再びリビングに戻った。

腹が立っているので部屋に引きこもろうかと思ったが、今後のことを報告しなければならない。

「それでどうだったの？　お断りできた？」

ダイニングテーブルについた一葉と父に、母が缶ビールを持ってくる。

「花嫁修業はすることになった。十日間だけね」

「あら、すごいじゃない！」

父も嬉しそうにうなずいている。

「すごくないよ。お試し期間を設けてもらっただけ。別に結婚する気は――」

「わかってるわよ。それでもお母さん応援するわ。頑張ってね！」

「頑張るも何も……」

父と同時に缶ビールを開け、グラスに注ぐ。母も席に着いた。

「家政婦さんがいるから、嫁がやることなんてなさそうだけどねー」

「そんなことないでしょ」

「そんなことあるよ。須磨子さんっていうんだけどね、きっとあの家で長ーく家政婦をしてたんだろうね。陰の仕切り屋って感じがする」

家政婦の須磨子は、ただものではない雰囲気を漂(ただよ)わせていた。

「その家政婦さんに鍛えてもらえるように、お母さん伝えておくわ」

「余計なことしないでってば」

嬉しそうな父母はグラスを掲げて乾杯している。一葉は宮瀬家のことを思い出しながらビールを口にした。

しかし、克が旧華族のお坊ちゃまだったとは。彼に詳しい女性の先輩たちからも聞いたことがない。克を引き抜いた社長以外は知らないのではないだろうか。

旧華族の御曹司。そんな人がなぜ、革製品のメーカーで働くのだろう。それも、会社に貢献できるくらいに仕事に力を入れている。

立派な邸宅に住み、使用人までいる家なのだから裕福に違いないと思うのだが……

「そういえば、部長のお父さんっていないのかな。お母さんには会ったけど」

「いや、いらっしゃるそうだよ。宮瀬さんには大学生の弟さんもいるとうかがった。会えなかったのか?」

「うん。ふたりともいなかった。部長の弟……」

克に似て気難しかったらどうしようか。克の父親は、彼よりもさらに怖いかもしれない。

(何かあったらその場でやめよう。どうせ結婚は断るんだから、気に入られる必要はないんだし)

一葉は生姜(しょうが)のきいた唐揚げをほおばり、グラスのビールを一気に飲んだ。

翌日、会社に行くと、克はいつも通りだった。そうしようと約束したのだから当然だが。

彼が言った「可愛い」の言葉は幻聴だった。そう思わざるを得ないほど、バンバン注意、もといお叱りを受ける。

（やっぱり無理。あんな奴と結婚とか、どう考えても無理……！）

だが、克に細かく叱られることで、一葉の仕事能力は入社当時よりも格段にあがっていた。ムキになってしまう性格を利用されているような気がして、それもなんだか悔しい。

そして、週末の金曜に宮瀬家へ移動する。着替えなどの荷物はすでに送ってあった。

宮瀬家は会社と同じ沿線の駅から、徒歩十五分ほどの場所だ。オシャレな商業施設は駅周辺だけ。そこを離れると巨大な家々が立ち並ぶ高級住宅街に入る。その一角にあるのだ。

宮瀬家に到着すると、待ちかねていた須磨子に、二階の部屋へ通された。

「こちらでございます」

「こ、これは……！」

まるで映画や絵本に登場する、お姫さまの部屋ではないか。いや、本物のお姫さまの部屋がどうかはよく知らないのだが、たぶんこういう感じで合っているはず。

「ここを使うんですか!?」

一葉は目を白黒させながら須磨子に聞いた。

「さようでございますが、何か？」

「他は……」

「この廊下に面するお部屋は克坊ちゃまのお部屋と、一葉さまが使われるお部屋と、もうひとつの客室だけでございます。角を曲がった廊下に、克坊ちゃまの弟君、修さまのお部屋があります。その奥にサロンが……」

須磨子が得意げに答えていく。

「あの、他にお部屋はないんですか？」

自分が使う部屋のすぐそばに克の部屋があるなんて、それでは一日中気が休まらない。

「他の場所も知りたいと？　素晴らしい心がけでございますね。ご案内いたします」

一葉が使う別の部屋がないかとたずねたのだが、須磨子は勘違いをしたようだ。

だが、どこかしらに空いている部屋があるかもしれない。

「ええまぁ、そうですね、はい」

褒めてくれたのだし、ここは受け流しておくことにした。

「かしこまりました。では行きましょう」

ふふ、と笑う須磨子についてゆく。赤い絨毯が敷かれた木造の階段を下りて一階へ。

階段がぎしぎしと軋む。踊り場の窓はステンドグラスだ。

先日訪れたときも思ったが、夜はひとりで歩き回れなさそうなくらいに、雰囲気がある。自然と須磨子に近づく一葉だった。

一階は、玄関のそばが使用人の控室になっている。そこは主に執事兼、運転手兼……のロマンスグレー、新次郎が使っているらしい。彼はそこを改造して、寝泊まりをしているという。

先日一葉が通されたリビングとダイニングの前を進み、克の父母の寝室の前も通りすぎる。その先の廊下から突如、日本家屋の作りになっていた。廊下の両側にふすまで仕切られた部屋が並ぶ。

そのひとつを須磨子が手で示した。

「ここが私の部屋でございます。そして向かいと、そのとなりも女中部屋です。いまは奥さまのご衣裳やら、季節のお品物が入っております」

「女中部屋？」

「さようです。昭和初期まで何人も女中が勤めていたそうですから」

どちらも六畳の畳敷きの部屋だった。箪笥と長持ちが置いてあるだけで、あとは何もない。押し入れは使っているようだ。

「あ、じゃあ、私はここでいいです。すみっこで寝ますので」

須磨子に言うと、彼女は顔を歪めた。

「あれま、それはいけませんよ。二階のお部屋が一葉さまのお使いになるところなんですから」

「でもあんなに広い客間をひとりで使うなんて、申しわけなくて。それに狭いほうが落ち着きます。須磨子さんがおとなりなら安心だし」

あんなにも立派な客室を使うことになったら、いつの間にかすっかり気に入って家を出ていきにくくなってしまうかもしれない。

「ね？　須磨子さん、お願いします」

一葉は祖母に可愛がられて育ったせいか、歳上に甘える方法が自然と身についている。

須磨子の腕をちょんと突っつくと、彼女は頬を赤らめ、照れた。

「まぁ、私がいつもお掃除してますから、ここは綺麗ですけれども。でもやはり克坊ちゃまにお伺いしてからにいたしましょう」

「私がどこで寝ようと、部長は何も言いませんよ」

「そんなことはありませんっ！」

ふてくされ気味に言う一葉に、須磨子が全力で反応する。廊下中に響き渡る声量だ。

「克坊ちゃまは、そのようなお人ではありません。お優しくて、頼りになって、男らしい……ええと、なんと申しますか……ああ……そう！　本物のイケメンなのです！」

「は、はぁ」

須磨子の勢いに押されてたじろぐ。

「坊ちゃんはこの宮瀬家のために、それはそれはご苦労なさっていて……！」

両手を握りしめた須磨子が天井を仰いだ。

家のための苦労とは、どういうことだろう。

「ですからね、一葉さまが女中部屋で寝るなど、お許しになるかどうか」

「どうした？」

突然、暗闇から声がした。一葉は思わず、ひっと肩を縮ませる。だがよく見ればそこにいたのは、話題の人、克だった。

「克坊ちゃま……！　おかえりなさいまし」

「ただいま。何を揉めているんだ？」

一葉はとっくに社を出ていたが、克は残業をしていた。帰ってきて、一葉と須磨子のやりとりを聞きつけたのだろう。

「実は一葉さまが――」

須磨子が困り顔で説明をすると、克が厳しい視線を一葉へ向けてきた。

「藤村」

薄暗いので、いつもの倍は目力があるように見える。

「は、はい」

「お前は俺の部屋で寝ろ」

「……は？」

「俺がこちらへ寝る」

「ぼ、坊ちゃん‼」

うろたえる須磨子の声が、またも廊下中に響く。オロオロしている彼女の横で、一葉は一歩前に出た。

「なんでそんなこと言うんですか？」

「お前は俺の祖父が憧れていた人の孫だ。祖父だったら、いくら花嫁修業中といえども女中部屋で寝かせるわけがない。客室が気に入らないのなら、俺の部屋へ行け」

その言い方からすると、一葉を思いやろうとする克の意思ではなく、あくまでも祖父の意思が重要ということだ。先日と同じく、いちいち祖父を気にかける克の言動が一葉の胸に引っかかる。

「どうした？」

「……どうもしません。わかりました。そこまでしていただくわけにはいきませんので、客室に行きます」

「そうか」

心なしか、克がホッとしたように感じた。

「まったくもう、どうしようかと思いましたよ」

須磨子が泣きそうな声を出す。べそでもかきそうな顔で、申しわけなく思った。

「ごめんなさい、須磨子さん。わがままを言って」

「とんでもございません！　さぁさ、お夕飯にいたしましょう。今夜は一葉さまの歓迎パーティーということで、しゃぶしゃぶにいたしましたよ、坊ちゃん」

「それはいいな」

「坊ちゃんがお好きなお店のごまだれを、インターネットで新次郎に買わせましたので」

「ありがとう」

克は穏やかな笑みを須磨子に見せていた。

承知はしたものの、彼とすぐそばの部屋はいまでもイヤだ。

だが、それほどまでに祖父の思いを大事にし、家のために苦労をしているという——一葉が知らない「彼の優しさ」に、なんとなく興味を持った。

そばにいればそれを知ることができるかもしれない。だから、客室で我慢してみてもいい。克自身のことを知りたくはなかったはずなのに、そんなふうに思ってしまったのだ。

廊下を戻っていく途中、須磨子が別の部屋に案内してくれる。

「では一葉さま、ここでお着替えをしましょう」

「お着替えって？」

「お宅から着物が届いておりますよ。そちらをお召しになってください」

「着物⁉」

「一葉さまのお祖母さまが若いころに着ていらっしゃったものだそうです」

そう言われ、十畳ほどある洋室に入った。ここは客間でもあるらしい。一緒についてきていた克が説明を足す。

「俺の祖父が望んだことだ。ここに婚約者がくるようなら、ぜひ藤村家のおばあさんが着ていた着物を着させてほしいと」

「そういうことでしたか……」

部屋のすみに桐簞笥（きりだんす）が置いてある。須磨子が浅い抽斗（ひきだし）を引っ張った。

「こちらにしまってありますのでね。早速お着替えしましょう。さぁさ、克坊ちゃんはダイニングに行っていてくださいな」

「頼んだぞ」

ひとこと言って、克は部屋を出ていった。

須磨子が手際よく一葉に着物を着せていく。着物なんて成人式以来だ。

振袖とは違う、袖の丈が短い着物を身に着ける。家事がしやすいようにと須磨子が選んでくれた。

「この地は鳩羽色（はとばいろ）ですわね。赤い実はミヤマカイドウかしら。落ち着いた葉の色も秋らしくて素敵です。あら、可愛らしい帯留め……！」

小箱を開けた須磨子が声をあげた。陶器でできた鳥の形をした帯留めを手に取る。彼女はこれを帯の仕上げに使った。

「さぁ、できた。お似合いですわよ」

「ありがとうございます。これ、襟が温かいんですね」

「その半襟はネル地でできておりますので。冬のパジャマなどに使われる生地ですよ」

「あ、わかります」

一葉は鏡の前で襟元に手をやった。ふんわりした半襟は柔らかな黄色だ。紫を薄くした地色の着物が、いつもの自分より大人っぽく見せている。

「寒いですからね、足元だって足袋じゃなくてもいいんですよ。スリッパを履きますので、暖かい靴下でよろしいでしょう。これをお履きになってください。あとこれもどうぞ」

新しい靴下と、真っ白い生地を渡される。

「そちらは奥さまがお選びになったエプロンです。私と家事をするときに、そのエプロンを身に着けてくださいとのことですよ」

「わっ、フリッフリ！」

広げてみると、大きなフリルがたくさんついている。早速着物の上から身に着けてみた。

「う、うわ～。これ、似合ってます……？」

鏡に映った自分が自分ではないようだ。

「もちろんお似合いですよ」

大正時代に建てられた洋館の中で、着物に白いフリルのエプロンを身に着ける……まるでタイムスリップしたようだ。ひとりだけこんな格好をして、かなり浮いているのでは？

「実にお可愛らしい……ふふ。さぁ、行きましょう」

心配になるものの、満足そうに笑う須磨子と一緒にダイニングへ向かった。

ダイニングの天井は大きなシャンデリアがぶら下がり、その下に長テーブルがある。椅子は六つ。床はヘリンボーンが施(ほどこ)され飴色(あめいろ)に光っていた。どれも相当な年代物だろう。

一葉の姿を見て一番に克が声をあげる。

「似合うじゃないか」

「え、あ……ありがとうございます」

まさか褒められるとは思わず動揺してしまう。

「本当よ！　とっても可愛いわ。そのエプロンも似合ってる！」

志緒子が嬉しそうに笑ったので、コスプレのようなこの格好もまんざらではないと思えた。

「奥さまがこのエプロンを選んでくださったんですよね？　ありがとうございます」

「気に入ってもらえたのなら嬉しいわ。でも、『奥さま』はやめてね？　お母さんって呼んでちょうだい？」

「えっ⁉」

「ね？」

「……は、はい」

　無邪気な笑顔に勝てず、うなずく。一葉が着席するとすぐに、知らない男性がダイニングに入ってきた。口の周りと顎(あご)に髭(ひげ)を生やし、なぜかウエスタン調の服を着ている。

「やぁ、こんばんは！」

　男性が一葉に向かって白い歯を見せた。日焼けした顔にいくつもシワを作り、飛び切りの笑顔を向けてくる。

「こんばんは……あの？」

「克の父、宮瀬穣(じょう)と申します」

「あ、あなたが……！」

　一葉はあわてて椅子から立ちあがる。

「藤村一葉です。お邪魔しております」

　頭を下げると、穣が笑った。

「着物が似合うなぁ。まぁ、かしこまったりしないで気楽にどうぞ。座ってください、一葉さん」

「は、はい」

　一葉は再び席に着く。まさか克の父が帰ってきていたとは。それもなんだか、ずいぶんと陽気な感じでイメージとはまるで違う。

「父さん、よく急に帰ってこられたな」

　やり取りを見ていた克が口をひらいた。

「そりゃあ息子の一大事だもの。世界のどこにいたって飛んで帰ってくるよ」

穣が豪快に笑う。一葉も、はは、と愛想笑いした。

世界のどこにいても、ということは、あの格好からしてアメリカにでもいたのだろうか。

「旦那さま、今夜のお飲み物はいかがいたしましょう」

新次郎が穣のそばに寄る。

「おっ、そうだな。久しぶりに日本酒が飲みたいぞ。だが、乾杯はシャンパンでな」

「かしこまりました」

新次郎と入れ替わりに、またも知らない誰かがダイニングに入ってきた。

「ただいまー」

ラフな格好をした若い男性だ。一葉より歳下に見える。

「おお、修か。久しぶりだな」

「うわ、帰ってたのかよ。って……誰?」

席に着こうとした修という男性は、訝しげな顔で一葉を見た。どうしていいかわからず一葉が目を泳がせると、代わりに克が答えてくれる。

「俺の許嫁、藤村一葉さんだ」

「ああ、例の。本当に結婚する気なんだ。うさんくさい話によく乗るもんだね、お互い」

修が、ふんと鼻で笑った。ずいぶん失礼だが何者なんだろう、と思った一葉に、克がひとこと「弟だ」と教える。

この生意気そうな男性が克の弟。そしてウエスタンな男性が父親。ふたりとも克とはまったく違う印象だ。しかし三人とも、接するのが難しそうなタイプというところは似ている。

「ところでもう結婚したの？」

椅子に座った修は、須磨子からおしぼりを受け取りながら、とんでもない質問を投げかけてきた。

「そんなわけないだろ」

「じゃあなんでここにいるんだよ」

「結婚前の花嫁修業にきてるんだ」

「うっわ、花嫁修業て、いつの時代だよ。っていうことは婚約したのかー、ふうん」

勝手に進む兄弟の会話に一葉は焦る。

「婚約もしてません。わ、私は結婚する気なんてありませんから！」

ここで否定しておかないと、のちのち困ったことになる。

「はぁ？　どういうこと？」

「おや、結婚する気でここにいるのではないんですか？　一葉さん」

修が眉根を寄せ、穣も顔を曇らせた。

「遺言通りに結婚なんておかしいと思うんです。だから私は……あの……」

穣と修の強い視線に一葉は口ごもる。

穣もこの結婚に反対していないみたいだ。修はあまり納得していないようではあるが。とにかく、この家では祖父の思いが絶対なのだろう。

克ひとりが相手ならまだしも、彼の家族全員と真っ向から対立するのは少々勇気がいる。

一葉が小さく息を吸いこむと、克が父親のほうに向き直った。

「お試し期間として十日間、花嫁修業をする。結婚するかどうかは、この家を知ってもらったあとに決めるそうだ。俺もそれで構わないと言った」

まるで一葉の気持ちを汲んだように説明をした。意外な助け舟を出されて驚くと同時に、ホッとする。

「なるほどなるほど。いや、なかなかいいお嬢さんじゃないか。自分の意思があるのは素晴らしいことだ。母さんはどうだい？」

黙って様子を見ていた志緒子に、穣が話を振る。

「私はね、一葉さんのこと、とっても気に入っているのよ」

「え……？」

「はっきりしていて、やる気があって、気丈で素敵だと思うの。私と違って、しっかりなさっているんだから」

うふふ、と志緒子が一葉に笑いかけた。

志緒子は会って間もない一葉を気遣ってくれる優しい人だ。この宮瀬家に嫁いできたのだから、きっと良家のお嬢さまなのだろう。おっとりして品があり、人のよさが雰囲気に出ている。彼女が姑なら嫁として楽しくやっていけそうだ――などと、あり得ないことを考えてしまうほどに素敵だと思う。

そうこうしている間に、テーブルにしゃぶしゃぶ用の大きな鍋がふたつ、運ばれた。カニと野菜、豆腐などが乗る大皿がふたつ、各人に肉の入ったお重が積まれる。器に注がれたごまだれと、柚子ポン酢。そのほかに漬物と煮物が置かれた。豪華な食卓だ。

「ところで克、お前はどうなんだ？　本気で一葉さんと結婚する気はあるのか？」

シャンパンを新次郎に注いでもらいながら穣が問う。一葉の胸がどきーんとした。克は眉一つ動かさずに答える。

「俺は結婚する気だ。彼女なら、この宮瀬家で立派にやっていける。心配はいらない」

「ほほう……！」

目を丸くして感心する穣の横で、修が「本気かね」とぼやいた。

正直に言ってしまえば、一葉も修と同じことを思っている。克は「本気なのか」と。

「たいした自信だな。そんなに一葉さんを気に入っているのか？」

「ああ。いますぐ結婚してもいいくらいに気に入ってるよ」

サラリと、さらにとんでもないことを言ってくれる。先輩たちが聞いたら悲鳴をあげそうだ。

「克にこの家を任せておけば心配ないと思っていたが、一葉さんがいてくれれば鬼に金棒というところか」

「……っ」

思わず噴き出しそうになった。一葉の中で克は「鬼上司」なので、言葉の綾とはいえ笑いがこみあげる。

「まぁ、失礼じゃないの。克は鬼でもいいけど一葉さんが金棒だなんて」

志緒子の言葉で笑い出しそうになるのをこらえた。

「おおそうか。申しわけない、一葉さん。もっと可愛らしいものに例えればよかったかな」

「い、いいえ、大丈夫です」

「十日間を無事にすごして、ぜひ我が家の嫁にきてもらいたいものだ」

一葉は愛想笑いで穣の言葉を流した。その間に全員のグラスが満たされる。

「では、乾杯しよう！　ふたりの未来にコングラッチュレーションッ!!」

グラスを掲げた穣が声を張りあげた。

「うふふ、乾杯」

志緒子が楽しそうに笑う。

「……乾杯」

「かんぱ〜い……」

渋々といった具合に克と修がグラスを掲げたので、一葉もあわててあとに続く。

「乾杯、です」

ひとり陽気なテンションの穣に、みんなが合わせるのがなんとなくおかしい。

ウエスタンな父と、おっとり奥さまな母、少々擦(す)れた感じの弟、そして鬼上司の克。そんな旧華族の中に庶民の一葉。

すごい絵面(えづら)だ。あの遺言がなければこんな状況は絶対にあり得ないだろう。

不安はつきないものの、乾杯したシャンパンは驚くほどおいしく、一葉はあっという間に飲み干してしまった。


夜。一葉の部屋にあるのは天蓋(てんがい)つきのお姫さまベッドだ。

「こんなベッド、一生縁がないと思ってた。可愛い！」

パジャマに着替えた一葉はベッドに飛びこむ。弾みで一瞬、体が浮いた。

「楽しい～！　って、はしゃいでる場合じゃない。とにかくやることはやって、そのうえでこの家は私に合わないから婚約しません、って堂々と出ていかなくちゃならないんだから。そうすればうちの親だって納得してくれるだろうし。浮かれてる場合じゃない……」

つぶやいてみるが、顔がほころぶのは止められない。

「……のはわかってるけど、可愛いものは可愛いっ！　あー、ふっかふか～」

四つもある羽枕のひとつを、ぎゅうっと抱きしめる。レースがふんだんに使われた真っ白い枕カバーも素敵だ。

「お花みたいな……すごく上品ないい香りがする」

すーっと息を吸ってから、改めて部屋を見回してみた。ソファの上に、耳にタグのあるテディベアが、こちらを向いて座っている。

「あのテディベア、なんていうんだっけ？　ドイツの有名なやつだった気がする。たぶん古いものだよね。可愛いだけじゃなくて、すごく高そう。さすがお金持ちはぬいぐるみまで違うんだなぁ」

高いものだと数十万円するはずだ。

「あのシャンデリアも、デスクも、ソファも、作りつけの箪笥も……全部アンティークだよね？」

部屋中を眺める。ダイニングと同じヘリンボーンの床や太い柱は、つやつやの飴色に輝いている
し、白い家具は何度かペンキを塗り直した跡のある味のあるものだ。

ふと見ると、窓際の小さなテーブルに花の挿した花瓶まである。

「ここが本当に自分の部屋だったらなぁ……なんて」

一葉は枕を抱きしめたまま、かけ布団に潜りこんだ。とたんに瞼が重くなる。あくびすらせずに
眠りに引きこまれた――


「どうだ寝心地は？」

すぐそばで克の声が聞こえた。

「最高です。お風呂は猫脚の外国製で可愛かったですし、このお部屋もとっても素敵です」

朝のようだが、まぶしくて瞼がひらかない。もどかしく思いながら一葉は口だけひらいた。

「そうか。じゃあ決まりだな」

「何がですか？」

「俺の花嫁になることだ」

克の返答にカチンとくる。けれど、どうしても瞼が開かないので、目をつぶったまま反抗した。

「お部屋が素敵だと言っただけで、花嫁になるとはひとことも言ってません！」

「そんな口を利いていられるのはいまだけだ。今日から花嫁修業が始まる。俺自ら（みずか）ビシビシ鍛えてやるから覚悟しておけよ？」

「須磨子さんに聞くので結構です。部長はあっちに行っていてください」

「それより藤村」

突如、克の声色が変わった。これは機嫌が悪いときの声だ。

「はい？」

「お前はいつまで寝てるんだ」

「え？」

「さっさと起きろ！」

「は、はいいっ！」

返事と同時に、がばっと起きあがる。

「あ……」

繊細なレースの施（ほどこ）されたベッドカバーと、天井から垂れ下がるオーガンジーの柔らかな布が目に入った。緊張していた体がふっとゆるむ。

寝すごさないよう、昨夜、一葉はベッドに近い窓のカーテンをレースのものだけにしていた。夢の中であんなにまぶしかったのは朝日が直接入っていたからだ。

「夢……かぁ」

ここは宮瀬家の客室。今日から花嫁修業が始まる。

「正夢になりそうで怖い」

一葉は身震いした。部屋の暖房をつけっぱなしにしていたので暖かいが、克の声を思い出すとぞっとする。夢で言われたように彼にビシビシ鍛えられるのだろうか。

ベッドを下り、もこもこのスリッパを履いて窓に近づいた。

空はどこまでも青い秋晴れで、昨夜、暗く見えた常緑樹は日にあたって輝いている。庭園に花がところどころ咲いており、朝露に濡れて光っていた。木々から飛び立った小鳥が、高いところへ羽ばたいていく。

「綺麗……」

窓から見る洋館の周りは美しかった。ぴんと張り詰めた朝の空気が伝わってくるようだ。

「わ、こうしてる場合じゃない……!」

時計はもうすぐ朝の七時になる。土曜で休日とはいえ、朝ごはんの支度は始まっているだろう。

一葉は急いで箪笥(たんす)の前に行き、着替えを始めた。


階下へ行くと、ごはんの炊ける匂いが届く。一葉のお腹がぐうと鳴った。

どんな状況にあっても、しっかりお腹は減るらしい。自分の体に感心しながら台所へ向かう。すると、トントンという、まな板を叩く包丁の音が聞こえた。

「須磨子さん、おはようございます」

着物に真っ白い割烹着(かっぽうぎ)姿の背中へ挨拶をする。振り向いた須磨子が、一葉の顔を見るなり丁寧にお辞儀をした。

「おはようございます、一葉さま」

「あの、さまはやめてください」

「大切なお方なのですから、そういうわけにはいきません。ですが、坊ちゃまから花嫁修業についてお伺いしておりますので、そこらへんは、いろいろとしていただきますよ？」

「え、ええ」

やはり夢で言われた通りだ。宮瀬が何を指示したかはわからないが、相当厳しい指導をされるのかもしれない。

一葉はごくりとのどを鳴らす。

「ふふ……まずは、着替えないとですね」

朝の明るい雰囲気の中では、須磨子の笑みは愛嬌のあるものに見えた。

昨日の着替えた部屋へ再び連れていかれ、着物を着せてもらう。今日は黒地に、橙色の柿の実と葉が描かれた着物だ。赤い実の柄の半襟、烏を刺繍した名古屋帯に、柿の実の帯留めをつけてくれる。今日も秋らしい装いだ。

「ではご一緒に、朝ごはんのお支度をいたしましょう」

「よろしくお願いします」

ふりふりエプロンのリボンを締めて気合を入れ、台所に急ぐ。

「一葉さま、早速そこの大根の皮を剥いていただけますか？　大根おろしを作りたいので」

「大根の皮、ですか」

「ピーラーはここにございます。どうぞお使いください」

「は、はい」

ピーラーというのは皮を剥く道具だったはずだ。それにしてもこんなにも小さい物だったろうかと、渡された金属の道具を見つめて思う。

家庭科の授業で使った覚えはある。けれど、料理の作業は積極的な女子に任せて、自分は洗い物に徹していたのだ。

「ええと……」

寒さを覚える早朝だというのに、額に汗が滲み出る。

まず大根を洗ってみよう。一本、丸々使うのだろうか。須磨子はいつの間にかダイニングに行ってしまったので聞けない。

仕方なく一葉は葉のついた大根を丸ごと水で洗った。大根とは意外に長いものだと妙に感心する。とりあえず、洗った大根をまな板の上にのせてみた。ピーラーを手にする。

「刃があるほうで剥くのよね……」

葉を手で押さえて、ピーラーをあてた。動かしてみるが、少し削れただけだ。まな板の上に置いたのがいけないのかもしれない。

一葉は左手に大根を持ち、右手にピーラーを構える。思った以上に重く、グラグラする大根に無理やりピーラーをあてて、上から下へ滑らせた。するりと皮がはがれる。

「おおっ！　剥けたっ！」

剥けたのだが、大根を支えている手が痛くなってきた。

もう一度ピーラーで皮を削る。先ほどに比べればスムーズだ。しかし大根が長いのでつらい。

「どうです？　剥けましたか？」

須磨子が戻ってきた。

「うう、須磨子さん、あの、これ」

大根を持つ左手をプルプルさせながら須磨子を振り向く。早く助けてほしい。

「どうされたのです？」

「長くてっ、おっ、重いっ！」

一葉よりも握力のなさそうな須磨子は、どうやって大根の処理をしているのだろうか。疑問に思う一葉のそばへ須磨子が駆け寄る。

「まぁまぁまぁ……！　せめて半分に切ってからになさればいいじゃないですか」

「半分？　あ、そうか！」

なぜ思いつかなかったのだろう。こちらを見守る須磨子の視線を感じながら、まな板の上に大根を置く。そして包丁をあてた。

「き、切りますよー……えいっ！」

大根の半分のところに刃を入れてみるも一度では切れない。上から押すと、まな板がガタンと揺れた。一瞬ヒヤリとするが、なんとか半分になる。

「切れた……。よし、葉っぱのほうも切ろう。えいっ」

だんっ、と包丁を下ろすと、須磨子が悲鳴をあげる。

「ひいっ！　見ていられません。私が切りますので包丁をお貸しください」

「あっ、すみません」

調子が出てきたところだったので残念だ。

「もしや一葉さまは、料理があまりお得意ではない、のでしょうか？」

「えーと……正直に言うとそうです」

えへへと笑ってごまかしたものの、須磨子の小さなため息は聞き逃さなかった。

呆れられたに違いない。このまま何もできない娘だとわかれば婚約は破談になるだろう。

だが、やると言ったことはちゃんとやりたかった。そして何が合わなかったのかを示してから、自分の意思で、ここを出ていきたいのだ。だからそれまでは一生懸命須磨子に教わろうと思う。

手際よく大根をすっている須磨子の手もとをじっと見ていると、彼女は手を動かしながら顔をあげた。

「では、あちらの食器棚にあるお皿を用意してください」

「はい」

「焼き魚をのせますので、おそろいのお皿を人数分お願いします」

「わかりました」

皿を用意するくらいならできる。一葉は食器棚の扉を開けて中を眺めた。花と鳥が描かれている、美しいそろいの皿がある。

「これにしようかな、と。ん？　重い……」

五枚重なっていたのでいっぺんに引き出そうとしたのだが、意外なことにとても重い。だがいまさら引っこめるのも大変そうなので、五枚重ねたまま引っ張った――

「わっ、あ、きゃーっ！」

バランスが崩れ、一葉の手を離れた皿が床に落ちる。同時に、ガシャーンと皿の割れる音が台所に響き渡った。

「ご、ごめんなさいっ！」

五枚中の二枚が割れてしまった。

「ななな、一葉さま！　そ、それは旦那さまの……！」

須磨子がわなわなと震えている。これはまずい。そう思ったときだった。

「朝っぱらから大騒ぎだな。何事だ」

最悪のタイミングで克が登場した。一葉の背筋がすーっと冷たくなる。

「ぼ、坊ちゃん！　大変申しわけありません！　私がいけないのでございます！」

「……須磨子さんが？」

克が疑わしげな視線を向けた。

須磨子がこんなミスをするはずがないのは、克もよくわかっているのだろう。隠しても意味がないし、須磨子さんのせいにするのはもっとイヤだ。一葉は克の前に出た。

「須磨子さんにはなんの責任もありません。私がお皿を割りました。ごめんなさい！」

勢いよく頭を下げる。わざとではないとはいえ、いけないのは自分だ。

叱られるのを覚悟し、一葉は手をぎゅっと握る。

「ケガは!?」

驚いて顔をあげると、焦った顔をした克が一葉の手を取っている。

「え、いいえ、なんともないです」

「本当だな？」

「本当です」

「そうか……」

克がホッとした表情を見せた。

(お皿よりも私の手を心配してくれているの？　あの部長が……？)

握られた手と、彼の態度に動揺していると、克が皿に視線を向ける。

「……父さんのお気に入りか」

「えっ！」

昨夜あいさつをした、克の父親の穣。ウエスタン調の服装をし、豪快な笑い声でその場を圧倒する、あの穣のお気に入りの皿!?

須磨子は割れた皿を呆然と見つめ、立ち尽くしている。穣のお気に入りということは、とんでもなく価値のあるものだったのではないだろうか。一葉は改めて、取り返しのつかないことをした自分を殴りたくなった。花嫁修業第一日目からこのザマとは、ひどすぎる。

一葉の手を離した克が皿の前にしゃがんだ。それらを手にし、割れたものをひとつひとつ確かめている。

「これは俺がやったことにするから、お前は黙ってろ」

克の口から耳を疑う言葉が発せられた。一葉は自分も皿の前にしゃがんだ。

「そんなことダメです。私が謝ります」

「余計なことはしなくていい」

ぴしゃりと言われて一葉は口をつぐむ。

(でも、部長のせいにするなんてできない。弁償もしなければいけないんだし)

割れた皿を集めながら一葉は彼の横顔を窺った。別段怒っているわけでもないように見える。

一葉が出ていくと面倒なのか、それともやはりかばってくれようとしているのか……淡々と皿のかけらを拾う彼の横顔からは何も読み取れなかった。


ダイニングテーブルにワカメとネギの味噌汁、炊きたてごはん、アジのひらき、出し巻き卵と大根おろし、焼き海苔と漬物が並んだ。

克と志緒子、そして修が着席している。一葉も昨夜と同じ、克のとなりに座った。そこへ穣がやってくる。

「グッドモーニング！　エブリワンッ！」

今朝もハイテンションだ。胸にでかでかと「一番」と書かれたTシャツを着ている。外国人向けのお土産（みやげ）だろうか。それとも外国で流行（はや）っているのか。

「おはよう、あなた。よくお休みだったわね」

「おはよう、父さん」

「……おはよう、ございます」

一葉の心臓がどきんどきんと大きな音を立てて騒ぎ始めた。とにかく謝らなければ。そして貯金をはたいてでも弁償させてもらおう。

穣が席に着くと同時に一葉は椅子から立ちあがった。急ぎ足で穣のそばへ行く。志緒子が不思議そうな顔で見ていた。

小さく息を吸いこんでから、一葉は声を出す。

「あの……」

「おい、藤村」

一葉の思いを察したらしい克の声が届くが、やはり嘘はいけない。

「私、さっき、お父さまの大事になさっているお皿を割ってしまいました。ごめんなさい！」

「え？」

穣が口をぽかんと開けた。一葉の体に緊張が走る。

「五枚セットのお花と鳥の柄がついている、とても綺麗なお皿です」

「……孔雀（くじゃく）が描かれている古伊万里（こいまり）の……」

須磨子がおずおずと言葉を続けた。

「ああ、あれか」

穣がうなずいた。あわてて須磨子が前に出る。

「一葉さまが悪いのではございません。私の教え方が悪かったので――」

「いいえ、違います。須磨子さんは何も悪くないんです」

一葉は穣に向きなおった。この際だ、何もかも言ってしまおう。

「私、家事が得意ではないんです。正直に言いますと、まったくできません。須磨子さんのお料理のお手伝いをしても逆に迷惑をかけていました。お皿を出すくらいならできると考えた私がバカだったんです。申しわけありませんでした!!」

頭を下げて詫びる。見下ろした自分の脚がガクガクと震えていた。正直に告げるのは、内心とても怖かったのだ。

「何年かかっても弁償しますので、お値段を教えていただけますか?」

「はは、ははははっ! これはいい! ははは!!」

穣の笑い声に驚いた一葉は顔をあげた。

さっきまで呆けたような顔をしていた穣は青汁の入ったグラスを掲げ、大声で笑っている。今度は一葉が呆ける番だ。いったいなにがそんなにおかしいのだろうか。

「いやぁ、気に入ったよ、一葉さん! いやはや、克のお嫁さんはあなたしか考えられないな!」

「……え? ええっ!」

どこに気に入られた要素があったのか、まったく理解できない。

「正直な人は気持ちがいい。いやいや、皿なんぞ、また買えばいいんだ。新しいものを選ぶ楽しみができた。だから気にしないでください」

「で、でも……」

「克が気に入ったのもわかるなぁ、うん」

嬉しそうに、にこにこと笑っている。

「さぁ、一緒に朝食にしましょう。うまそうな料理が冷めてしまう。席に着いて」

「……本当にすみません」

「いいからいいから。一葉さんは何を飲まれますか？　オレンジジュースと牛乳、それから……あ、私と同じ青汁もありますよ？」

席に着く一葉に穣がたずねる。屈託のない笑顔を向けられて、一葉も小さく笑顔で返した。

「では、青汁をお願いします」

穣は喜んだが、克と志緒子の顔が一変する。相当まずいものなのだろう。一葉だって苦手だが、おおらかに許してくれた穣と同じものを飲んでみたくなったのだ。

「ねえ、一葉さん。無理しちゃダメよ？　大丈夫？」

志緒子が気遣ってくれる。

「はい、大丈夫です。いただきます」

「それじゃあ須磨子さん、お願いね」

「かしこまりましてございますよ」

須磨子がそこを去ると、克のとなりにいる修がため息をついた。

「克、あの皿って骨董品だろ？　また買えばいいったって、もう手に入らないじゃん」

こそっと言った声が、一葉にも聞こえてしまう。

「父さんがいいと言うならいいんだろう。それ以上俺たちが口を挟む必要はない」

やはり年代物の高級な皿だったのだ。

(本当に大丈夫だったんだろうか。というか、正直に告げたら嫌われて追い出されるかと思ったのに、逆に気に入られるって、どういうこと……？)

朝食が始まっても、一葉には味わう余裕などなく、苦手な青汁も早々に飲み干してしまう。それを見た穣が嬉しそうにおかわりを勧めてくれたが、それは断った。

食事を終え、須磨子と一緒に片づけを始める。

「今後は、よーくお気をつけくださいませね」

食器をシンクに持っていくと、須磨子が言った。怒っているのではない。穏やかな表情だ。

「はい。須磨子さん、本当にごめんなさい」

「いいえ！　とんでもございませんよ。それに旦那さまがああいうふうにおっしゃっていたんですから、よかったじゃないですか」

「……ええ、まぁ。でもとても申しわけなくて」

穣の寛容さには驚かされた。気にしなくていいと言われたが、あれに代わるものをいつか購入して、穣に渡そう。一葉の給料ではいつになるかわからないが、そうしたい。

「それに私も、一葉さまのことがすっかり好きになってしまいました」

「え……ええっ!?　どうしてですか?」

「あんなふうにきっぱりと、自分がいけないとおっしゃって。私のせいにすることもできましたのに」

「そんな卑怯なことは絶対にイヤです」

「ですから、一葉さまを好きになったのですよ」

須磨子が、ふふと微笑んだ。その笑みに優しさを感じた一葉の胸がいっぱいになる。

「あら、須磨子さんもなの?」

湯呑を手にした志緒子が、台所に現れた。

「奥さま」

「私もやっぱり、一葉さんが大好きだわ。理由は須磨子さんと同じよ」

志緒子が一葉に、うふふと笑いかける。

穣も志緒子も須磨子も、なぜこの家の人はこうも優しいのか。祖父の遺言に従おうとしているだけなのかと思ったが、どうもそんな感じではない。最初から一葉に好意的なのだ。

克の弟である修の考えはまだよくわからない。だが、克は一葉をかばってくれた。もしかしたら彼は、以前須磨子が言ったように優しい人なのかもしれない。

朝日に照らされた台所で一葉はそう……思った。

平日になり、一葉は会社で働いたあと、宮瀬家に帰って家事を習うことになった。会社員と花嫁修業の二足の草鞋（わらじ）生活は、なかなかキツいものがある。

「藤村、ちょっと頼む」

「はい」

会社で克に呼ばれ、渋々彼のデスクに向かう。まだやりかけの仕事がたっぷりある状態なのだ。

「悪いが、例の二社の見積もりと、革製品に関する、こことここの資料を作ってくれ」

厚い書類と付箋（ふせん）が貼られた雑誌を数冊渡される。

「はい、って、ええっ！　三つですか!?」

「そうだ。二時までに頼む」

「ちょっ、もう十一時すぎてますけど!?」

「じゃあ二時半な。俺はいまから取引先を回ってくる。帰ってくるまでに頼んだぞ」

無言で顔を引きつらせていると、克がじろりとこちらを睨んだ。

「できるのか、できないのか」

「できます！　って……やっぱりあれは、勘違いか……」

「何か言ったか」

「いえっ、別にっ」

克は優しい人なのかもしれない——そんなふうに思ったのは勘違いで、車中で一葉を「可愛い」

と言ったのも幻聴に違いないのだ。

そうでなければ、いつも一葉にだけ無理難題をふっかけてくることに説明がつかない。

「藤村さん、大丈夫？」

「だ、大丈夫です」

課長に気を遣わせている場合ではない。

昼休みを返上しようかと思ったが、休むときは休まないと午後の仕事に支障が出る。この会社はそのへんがきっちりしているので、自分だけ逆らうわけにはいかないのだ。

電話を取り、他の仕事もこなしながら、どうにかこうにか克に頼まれたものをやり終えた。それなのに克はうなずいただけだ。

褒め言葉のひとつもかけてくれたっていいのに……とぼやきたくなる気持ちをぐっとこらえる。

今夜は先輩たちと飲み会なのだ。余計な小言を増やされたくない。花嫁修業中ではあるが、仕事のつき合いを克は了承してくれていた。

定時で先輩たちと会社を出る。克に頼まれた仕事をこなしたあとは調子がよく、すべて早めに終わらせることができたのだ。

「お疲れさまー！」

「お疲れさまでしたー！」

生ビールのジョッキをがちんと合わせる。外の寒さとは反対に、店内は客の熱気で汗ばむくらいだ。キンキンに冷えたビールが喉を潤（うるお）してくれる。

「うはー、おいしい！」

「最高ですね、定時で帰れたあとのビールは」

「ほんとほんと、久しぶりだよね。あ、とりあえず、もつ煮頼もうよ」

「おいしいですよね、ここの」

会社から十分ほどの場所にあるこの店は、いかにも大衆酒場といった風情だ。オシャレ感は一切ないのだが、料理がとびきりおいしいので一葉たちはよく利用する。

「なんだかんだ大変そうだけどさ、ふじちゃん仕事早くなってるよね」

焼き鳥を手にしながら竹本が言った。そして、ふじちゃんもどうぞ、と勧めてくれる。炭火焼の鳥は歯ごたえがぷりぷりでジューシーだ。

「それ、私も思ったよ。部長は怖いかもしれないけど、意外とふじちゃんのために言ってくれてるのかもね」

もうひとりの女性の先輩、染谷がうなずく。彼女はもつ煮に入っている豆腐を口に入れた。

「私のためにですか？　あの鬼部長が？　いやいや、あり得ないですよ」

一葉が首を横に振っているところへ、竹本が続く。

「っていうかさ、今週の部長、すごく機嫌よくない？」

「き、機嫌がいい!?　全然そうは見えませんよ……！」

一葉は、ジョッキのビールをぐいっと飲む。機嫌がよいなら、あんなに無茶振りをしてくるわけがない。

「えーでも私、見たよ？　なんか楽しそうに思い出し笑いしてた」

「私もそれ見た！」

「先輩方、それは幻覚だと思われます」

一葉が冷静な声で反論すると「そんなわけないでしょ」とふたりは口を尖らせる。

「ふじちゃんからすれば、そりゃ冷たくて怖いと思うよ。愛想がないし。でもこう……一歩引いて観察してるとさ、ふじちゃんに仕事を覚えさせようとしてるのかなって、部長の見えない愛情みたいなものを感じるわけよ。現にふじちゃんは、だいぶ仕事ができるようになったし。あ、すみませーん！　ハイボールひとつと黒はんぺんフライみっつー！」

酒のペースの速い竹本が、店員に向かって叫ぶ。

「それは……気のせいです」

あの克の厳しさが愛情の裏返し？　ないない、それは本当にあり得ない。

一葉はジョッキを持ち直し、ぐびぐびとビールを飲んだ。


宮瀬家で花嫁修業を始めてから五日が経とうとしていた。

「藤村」

一葉は会社帰りの地下鉄のホームで名前を呼ばれる。振り向くとハーフコート姿の克がいた。

「ぶ、部長……？」

「そうイヤな顔をするな。一緒に帰ろう」

一葉のとなりに克が並ぶ。

「今日はお早いんですね」

「まぁな。というか、無理やり終わらせてきた」

「そうなんですか？」

「お前にまた皿でも割られたら大変だからな。早く帰って見張っていないと」

「も、もう割ってません……！　でもあれはその、本当にすみませんでした」

「もういいよ」

克が、ふっと笑った。ふいにそんな表情をされてしまうと、どういう態度を取っていいのかわからなくなる。

（いつも、こうやって笑っていればいいのに。話し方だっていまのほうが……）

素敵、と頭の中で続けようとして首を横に振る。素敵……？　克が……？

「えっと……部長って会社にいるときと、ずいぶん雰囲気が変わるんですね」

自分の感情に戸惑いながら話を振った。

「俺に限らず、誰でもそうだろう」

「だって飲み会のときですら、いつもぶすっとしてるじゃないですか」

「悪かったな。こういう顔なんだよ」

指摘したそばから、ぶすっとされて、思わず一葉の頬がゆるんだ。すねたような彼の言い方がなんだかおかしい。

「……ぷっ」

「笑うな」

「だって……くく」

「この顔をかっこいいと言ったのは、お前だろうが」

「あ、そうでしたね、うん」

送ってもらった車の中で一葉が言ったことを、まだ覚えていたらしい。

ホームに電車が滑りこんでくる。風圧で一葉の髪が揺れた。ドアが開き、克と一緒に電車へ乗る。

「でも部長は怒った顔より、お家(うち)にいるときとか、いまみたいな雰囲気のほうがいいと思います。私はそのほうが好きっていうか」

そこまで言ってハッとする。

「――って、好きってあの、そういう意味で好きとかじゃなくて」

「わかってる」

克が苦笑した。少しがっかりしたように見えたのはきっと、気のせいだ。

次の駅でどっと人が降り、たくさんの人が乗りこんできた。

「混むんだな、この時間は」

「帰宅ラッシュですから。部長はいつももっと遅い時間ですもんね」

「そうだな、お……っと」

人に押され、一葉の背中にドアがあたる。克が目の前にいた。

「悪い、大丈夫か？」

「大丈夫、です……」

克は右腕をドアにあてた。その手はちょうど一葉の頭上にある。一葉が苦しくないようにしてくれていたのだが、さらに人が乗ってきて、結局体が密着してしまった。

車で送ってくれたときも克と近かったが、これはそれ以上だ。近すぎる。

お互いに秋物のコートを着ていても、なんとなく体温が伝わるし、息遣いもわかる。帰宅ラッシュなど慣れているはずなのに、彼が相手だとどうしてこうも恥ずかしいのか。

一葉はそっと顔をあげて克の顔を見た。彼はドアの外に視線を向けている。身長差があるので、背の高い克の腕の中にすっぽり包まれている形だ。

こんなにも間近で克の顔をまじまじと見るのは初めてだった。ぐっと閉じた唇、不機嫌そうに見える寄せた眉、奥二重のきりりとした目もと、すっきりとした頬、それらが上手く調和されて、整った顔を形作る。白いワイシャツから伸びる首筋と、突き出た喉ぼとけが、妙に男っぽさを感じさせた。

（また私……素敵だなんて、思ってる？）

かすかな克の香りに包まれる。大人の甘いフレグランスと克自身の香りが混ざったもの。不快どころか甘美な思いが起きていることに困惑した。

一葉は視線をさまよわせる。

「苦しいか？」

一葉に顔を寄せた克がたずねた。低く、優しい声が一葉の鼓動を激しくかき鳴らす。

「……いえ」

そう答えるのが精いっぱいだ。

ずっと、怖い顔の克しか知らなった。仕事がものすごくできる上司で、自分とは別の場所にいる人だから、何を考えているのかわからなかったし、わかろうともしなかった。彼が結婚していようがしていまいが、恋人がいようがいまいが興味も湧かない。彼の日常生活など、これっぽっちも想像したことがなかった。だから、いきなり婚約者だと言われても戸惑うばかりで、いままでの彼のイメージと重ねることしかできずにいたのだ。でも……

克にだって家族はいて、家族を思いやって穏やかな表情を見せる。一葉と笑い合うこともできる、普通の男性なのだ。

「そうか……」

同じ家にいることで、少しだけ克を理解できたような気がする。

あれこれ考えていると、克が思案げな顔でつぶやいた。

「……なんですか？」

「家にいるときのような顔がいいなら、今後は努力してみよう」

真面目な顔をして何を考えているかと思ったら、一葉の発言のことだった。

「まだ気にしてたんですか？」

「まぁな」

むっとしながら答える克を見て、一葉は再び笑いがこみあげる。意外と可愛いところがある、なんて思った。

「また笑ったな？」

「……笑ってません」

花嫁修業も半分終わり。とにかく最後までやって、それから婚約を断る。

最初からそのつもりだったのに……終わりが近づくとなぜか寂しくなった。克の穏やかな表情を、もう少しだけそばで見ていたい。そんなふうに思ってしまったのだ。


土曜の午後。克は残した仕事をすると言って、休日なのに朝食後、出かけてしまっていた。午後には戻ってくるらしい。志緒子もご近所に出かけている。修は友人の家に泊まっていていない。

一葉は須磨子に教わりながら、家の掃除をしていた。

「一葉さま、それは違いますって」

「えっ、すみません！」

どうやら道具が違ったらしい。

階段をモップでごしごしと拭いていた一葉は、あわてて須磨子の指示に従う。

大正時代に建てられたというこの洋館は、とにかく広いので覚えることが多いのだ。

須磨子はいっぺんにすべてを掃除するのではなく、曜日ごとに決めているというのだが、それにしても一日の掃除の量がハンパない。新次郎が手伝ってはくれるものの、彼は庭の手入れもしなくてはならないため頼ってばかりもいられなかった。

克の母、志緒子は習い事をしたり、友人に会うなどしていて意外と家にいない。家にいるときはおいしいお茶や手作りのお菓子を出してくれるが、料理はできないそうだ。

そして克の父の穣は、一葉が皿を割った日の昼に出かけてしまっていた。彼はかなりの自由人だ。海外を放浪したり、国内を自転車で一周したり、講演会をひらいたり、突然志緒子を連れ出してキャンプに出たり——とにかく掴めない人物なのだと須磨子に聞いている。

そんな克の家族の話を思い出しながら、掃除を進めていたのだが……

「このお方は、まぁまぁ……なんてことでしょ、はぁ」

使おうとしたモップは一階の廊下用だという。言われてみれば三日前くらいに聞いたような気はするが、まったく覚えていなかった。モップのかけ方もおかしいと注意されてしまう。

「やっぱりひどいです、かね。ははは」

ため息をつく須磨子に、愛想笑いでごまかす。これでは、立派に花嫁修業をやり遂げて出ていくことにはならないかもしれない。

「ひどいと言いますか、なんと申しますか……本当にお家(うち)で何もしていらっしゃいませんでしたね？」

「えっ、わかります？」

「料理も掃除も洗濯も、なんでもお母さまがしてくださるのでしょう。ずっと甘えていらっしゃいましたね？」

「その通りです……」

　他人にはっきり言われると情けなさが身に染みる。

「これではよっぽど克坊ちゃんのほうが、なんでもおできになりますわよ？」

「部長が？」

「左様でございます。私が腰を痛めたときなんか、克坊ちゃんが代わりに料理を作ってくださって……うっ、うう」

　涙ぐんだ須磨子はエプロンを顔にあてた。

「須磨子さん……！　大丈夫ですか？」

「え、ええ、申しわけございません。克坊ちゃんのお優しさを思い出すと、すぐに嬉し涙が出てしまいましてね。歳を取ると涙腺が弱くなって、敵いませんわ」

　エプロンからティッシュを取り出した須磨子は、ぶんと鼻をかんだ。そのとたん、苦悶の表情を顔に浮かべ、壁に片手をつく。

「う……っ！」

　うつむいた須磨子は、もう片方の手で腰を触り、苦しそうにうめいた。

「須磨子さん？　どうしたんですか？」

「腰が……いた、いたた……！」

「腰!?　痛いんですか!?」

　尋常な様子ではないことに気づき、一葉は声をあげる。

「……また、ぎっくり腰に……あたた……」

そういえば一葉がこの家を訪れた日、新次郎が須磨子に言っていた。また腰を悪くするぞ、と。もしや再発したのだろうか。

「須磨子さん！　私がお部屋に連れていきますから、肩に掴まって！」

焦った一葉は須磨子に寄り添うが、彼女はよけいに痛みを訴える。

「痛くて、う、動けません。この姿勢から一歩も、うう……っ、し、新次郎さんを」

「新次郎さんですか!?　いま呼んできますから、ちょっとだけ待っててください！」

「早めに……お願い、します……うう」

「はい！」

一葉は走り出し、外に出て庭にいた新次郎を呼んだ。

救急車を呼んだほうがいいかとたずねるが、必要ないと言われる。病院に行っても、痛みが引くまで何もできないのだそうだ。

須磨子のもとへ戻ると、かわいそうなことにまだ同じ姿勢のままでいる。

「……一葉さま、申しわけ、ありません」

「全然いいんです！　それより、どうしたらいいんですか？」

どうにもできなくて、こちらが泣きそうだ。本当に救急車を呼ばなくていいのだろうか。

「ボールに氷と水を入れてタオルを冷やしてもらえますか。冷却シートも持ってきていただけると助かります。それで腰を冷やしてやってください」

新次郎が一葉に言う。

「わかりました」

「う、ぬ……塗り薬、も」

「塗り薬ですね!?」

かろうじて言葉を発する須磨子に、腰痛用の薬の場所を聞いた。

「いまここに布団を持ってくるから、もうちょっと頑張れよ、須磨子さん」

「ありが、と……」

新次郎とともに、一葉はその場を離れる。

(私が何もできないから、疲れさせてしまったのかもしれない。どうしよう)

祖母が亡くなったときのことが思い出される。年齢を重ねるとどうしても体に不調が起きるのだ。

須磨子はそこまでの歳(とし)ではないが、あんなにも苦しそうな顔を見てしまうと心配でたまらない。

タオルや塗り薬を用意して須磨子のもとへ戻ると、新次郎が廊下に布団を敷き、その上にシーツをかぶせていた。

「だから無理をするなと言ったのに、まったく」

「悪かったと思って、ますよ。とにかく……早くそこに寝かせて、ちょうだい」

新次郎に手伝ってもらいながら、よたよたと移動した須磨子は、どうにかこうにか横になる。その最中もひどく痛がり、かなりの時間を要した。

「腰を冷やしましょうか」

「すみません……、一葉さま」

タオルをあてようとしたとき、玄関のドアがひらいた。振り向くと克が玄関をあがってくる。

「ただいま……どうした⁉」

こちらを見るなり、彼は血相を変えて駆け寄ってきた。

「部長、須磨子さんが……！」

克の顔を見た瞬間、一葉は涙がこぼれそうになる。ホッとしたのと、自分の不甲斐(ふがい)なさで胸がいっぱいになったのだ。

「克坊ちゃん、おかえりなさいませ。須磨子さんがまたぎっくり腰で……布団ごと部屋に移動するのをお手伝いいただけますか？」

「ああ、やろう」

新次郎と克は布団の端を持ち、ゆっくりと須磨子の部屋へ向かった。

「すみません、坊ちゃん……」

「気にするな。痛かったら言ってくれ」

「はい……」

後ろから一葉もついていく。オロオロするばかりで何もできない自分がもどかしい。

須磨子の部屋は和室だ。畳の上に須磨子がのった布団がそっと下ろされる。うめいていた須磨子のセーターをまくりあげ、一葉が冷たいタオルを腰にあてると苦しげな声がおさまった。

「どうでしょう？」

「気持ちがいいです。痛みが和らぎます」

「よかった……」

一同がホッとしたとき、誰かが帰ってきた。新次郎が迎えにゆく。そしてこちらへ走ってくる足音が近づいた。

「須磨子さん!!　ああ、須磨子さん、大丈夫なの!?」

飛びこんできたのは克の母、志緒子だ。須磨子のそばに座り、心配そうに顔を覗きこむ。

「すみません、奥さま。こうして二、三日寝ていれば、またよくなりますので」

「ねぇ、お医者さまに診てもらいましょうよ」

「いえ大丈夫です。今日は土曜ですし、もうお昼をすぎておりますから病院の受付は終わりでしょう」

「もっと痛くなったらすぐに救急車を呼びますからね？　絶対に無理しちゃイヤよ？」

志緒子は涙ぐんでいた。よっぽど心配なのだろう。二度目のぎっくり腰なのだから無理もない。

「……申しわけございません、奥さま。お夕飯の支度が……」

「俺がするから、安心して寝てていい」

「坊ちゃん、それは！　あ、いたた……」

ほら、無理するなと言って、克は立ちあがった。

「また同じことでご迷惑をおかけして……本当に申しわけありません……！」

「いいから気にしないで寝ててくれ。元気になってくれるのが一番だ」

「ありがとう、ございます」

須磨子が目にいっぱい涙を溜めて言った。それならと一葉も立ちあがる。

「じゃあ、私もお手伝いします」

「集中したいからいい。どうせろくに手伝えないだろ」

「なっ……ま、まぁそうですけど」

情けないことに返す言葉がない。

「お前は須磨子さんと母さんのそばにいてくれ。食事以外のことは新次郎に任せる」

「かしこまりました」

新次郎と一緒に一葉もうなずいた。そして、男性陣は部屋から出ていく。

「一葉さま、本当にありがとうございました」

「私は何も……。タオル、もう一度冷やしますね」

「すみません」

氷水でタオルを冷やし、肉づきのよい腰にあててやる。

「須磨子さん、本当はお膝も痛むんでしょう？　私に隠していない？」

座り直した志緒子は、厳しい表情でたずねた。

「……奥さま」

「前に須磨子さんが腰を痛めたとき、私がワガママを言ったから……それで言えなくなったのね？」

「ワガママだなんて、そんなことは」

「いいえ、私のワガママよ。ごめんなさい、須磨子さん」

須磨子のふっくらした手を自分の両手で包み込むように、志緒子が握った。彼女の手は小さく、白い。

ワガママとはなんだろう。一葉には関係のないことなのだが、気になる。

「須磨子さんはね」

一葉の気持ちを察したように志緒子が語り始めた。

「以前もぎっくり腰になったことがあったの。いまの症状よりずっとひどくて、私も何がなんだかわからなくて、ただオロオロするだけだった」

「そのときも克坊ちゃんが、私の代わりに家事全般をしてくださったんです……」

「部長が家事を？」

さっき須磨子が言っていたのは、克が料理をするということだった。しかし、料理以外のことも克がしていたというのか。

「ヨーロッパからこちらへ戻られて、半年くらいあとのことでしょうか。お仕事が大変お忙しい時期に、私がご迷惑をおかけしてしまったのです」

彼が部長に就任して半年後……。一葉は何かを思い出しそうになった。

「もともと、私が何もできないのがいけないの。須磨子さんの腰が悪くなったとき、私が代わりになんとか頑張ろうとしたのだけれど、克に怒られてしまったのよ。母さんにケガをさせるわけにはいかない、自分が全部やるから何もしないでくれって」

志緒子が目を伏せた。

「他の家政婦を雇おうとも提案されたのだけれど、私が、須磨子さん以外の人を家に入れたくないって拒んだの。人見知りすることもあって、それで……だから須磨子さんは膝が痛いのも隠して我慢して、私のためにこの家にいてくれているんだわ」

「いえ、それは違います」

須磨子があわてて否定する。

「行くあてのない私を置いてくださろうとした、奥さまのお気遣いなのは知っております。私以外の家政婦を雇えば、私は宮瀬家から出なくてはならない。だから奥さまは、克坊ちゃんに嘘をお言いになったのです」

志緒子は黙って須磨子の顔を見つめた。

「私がいまこうしてここにいられるのは、お優しい奥さまのおかげです。私が何もできなくてもいい、ここにいてくれとおっしゃってくださった奥さまのおかげで……」

「須磨子さん！」

「奥さま……！」

なんだか、かわいそうになってきた。

世間知らずの奥さまと、彼女のそばにずっと仕(つか)えていた家政婦。立場の違うふたりだが、この家の中で支え合ってきたのだろう。まるでドラマのようではないか。

「あの、須磨子さんの具合がよくなるまでは、私が代わりをします」

一葉は自然とそう口にしていた。

「え……？」

「一葉さん？」

「花嫁修業を十日間やってみて、婚約をどうするか決めると言いました。でもそれとは別に、おふたりのお手伝いがしたいんです」

一葉を好きだと言ってくれたふたりに、一葉の失敗を許してくれているふたりに、恩返しとまではいかないが何かしてあげたくなったのだ。

話を聞いていたふたりは顔を見合わせてから、一葉を見た。

「優しいのね、一葉さん」

「本当に、お優しい方です」

「そんなことないです。私、ご迷惑ばかりおかけしているので、そんなふうに言っていただけるような人間じゃありません。須磨子さんのぎっくり腰が再発したのも、私が何もできなくて疲れさせたせいだと思うんです」

まぁ、と志緒子が言い、須磨子が首を横に振る。

「これは決して一葉さまのせいではありません。私が新次郎さんの忠告も聞かず、勝手に動き回ったからなのです」

「でも」

「一葉さまは、そりゃあ家事は苦手かもしれませんが、気立てのよい方だと知ってますよ、私は。

頑張っていらっしゃるから、すぐになんでもおできになるはずです……いたた」

「大丈夫？」

「ええ、奥さま」

こんなふたりを放ってはおけない。その気持ちがますます強くなる。

「とにかく、もう少しだけお邪魔させてください。お願いします」

一葉はふたりに真剣な声を差し出した。

「本当にいいの？」

「はい。お願いします」

「一葉さま……」

またも涙ぐむ須磨子を励ますように、一葉は笑いかける。

「体力だけは自信がありますので、任せてください！　だから、部長が言ったように早くよくなってくださいね。須磨子さんがいないと私……」

「どうなさいました？」

「私、またお皿を割っちゃうかもしれませんから」

「まぁ……！　あっ、たたた……」

驚いた拍子にまた痛みが出たようだ。

「ご、ごめんなさい！」

「そんなこと言うからですよ。まったく一葉さまは……これじゃあ本当に早く治さなければ」

「うふふ……」

やれやれという顔をした須磨子を、志緒子が笑う。一葉と須磨子もなんだかおかしくなり、クスッと笑った。

「私も、自分にできることは手伝うわ」

志緒子が意を決したように言う。

「須磨子さんのためだもの。克にばかり頼れないし、一葉さんだけに押しつけるのもよくないわよね。一葉さんがうちにいてくださるのはとても嬉しいの。心細さがなくなっていくみたいで」

志緒子の真剣な言葉を受けて一葉はうなずいた。血のつながりなどない、赤の他人という関係ではあるが、いまは心に決めたことをこの家のみんなでやりぬこう。


月曜になり、須磨子の症状はだいぶ和（やわ）らいでいる。志緒子はこの土日ずっと須磨子のそばで世話をしていた。

今朝は冷えこみが強く、寒い。季節の移ろいを感じながら一葉は台所に行き、朝食の用意をしている克のそばに立った。

「おはようございます。手伝います」

「ああ、おはよう」

いくら料理が不得意とはいえ、克にやらせっぱなしでは立つ瀬がない。

克はスーツのジャケットを脱いだ姿にエプロンをつけていた。フライパンを持つ手もとを覗きこむと、ベーコンエッグを作っている。今朝は洋食のようだ。

「皿を用意してくれ。今日は割るなよ？」

「あれからものすごく気をつけていますから、もう大丈夫かと……」

一葉が答えると、克がクスッと笑った。その横顔がやけにまぶしい。きっと朝日に照らされているからだろう、と一葉は思い直す。

彼の指示に従ってサラダの用意を始めた。レタスとプチトマトときゅうりを人数分の小皿に盛る。次にパンを温めた。

克がベーコンエッグと一緒にコーヒーを用意すると、新次郎がそれらを須磨子のところへ運ぶ。志緒子は須磨子の部屋で一緒に食べるらしい。新次郎は自分の部屋で朝食をとる。修はまだ帰っていない。

ということで、一葉は克とふたりきりになってしまった。

「今日で十日目だな」

「はい」

須磨子たちのコーヒーは準備したが、一葉と克の分はまだなので、ふたりは台所にいる。

「考えはまとまったか」

克がエプロンをはずした。蒸らしたコーヒーの香りが台所中に漂っている。

一葉は彼のそばにコーヒーカップを二客置いた。

「もう少しだけ、ここにいようと思います」

「どういうことだ……？」

「私、須磨子さんのことも、お母さまのことも好きです。困っているなら助けてあげたい。だから、須磨子さんの具合がよくなるまでここにいて、私ができることをお手伝いしようかと。といっても、いまだに家事は苦手なので、教わりながら頑張ります」

ふと視線を感じると、克は見たこともない優しげな顔で一葉を見ていた。

「そうか、ありがとう」

「……え」

穏やかな声と表情に胸がきゅーっと痛くなる。ここまで動揺する自分にも驚きだ。

克は視線を落とし、ドリップしたコーヒーをカップに注ぐ。

「しかし、気遣いはありがたいんだが、家のことは俺がなんとかする。お前は自分のことだけを考えて、今後を決めればいい」

「でも」

「心配するな」

「部長、待ってください」

ふたつのコーヒーカップを手にダイニングへ移動する克のあとをついていく。

せっかく決めたことだ。志緒子も須磨子も喜んでくれているのに、いまさら帰るとは言えない。

納得ができない一葉は席に着かず、克のそばに寄った。

「残らせてください。お母さまたちも賛成してくださいましたから――」

「藤村」

カップをテーブルに置いた克が、一葉を睨むように見た。

「は、はい」

「お前が母と須磨子さんのことを、そこまで気にかけてくれるのは本当に嬉しい。感謝する。だが、それよりも大事なことがあるだろう」

「大事って……？」

「俺たちのことだ」

克が一葉の正面に立つ。

唐突に近寄られて恥ずかしくなった一葉は、距離を置くためにあとずさった。だが、そんなことはお構いなしに克はさらに近づいてくる。

「お前がここにきた日、車でお前を送った。そのとき、俺が言ったことを覚えているか？」

「……なんで急にそんなことを、あっ――」

背中に壁があたる。もう、あとがない。

克の香りが鼻をかすめた。帰宅ラッシュの電車で近づいたときと同じ香りだ。一葉の心臓が大きな音を立て始める。

「覚えているのか、いないのか。どちらなのかと聞いている」

イラついた声だ。何をそんなにこだわっているのかわからない。

「えっと、部長は私と結婚するのが迷惑じゃないのかって、聞きました」

一葉は思いを巡らして、車中での会話を口にした。

「ああ、お前が聞いてきたな。それで俺はなんと言った」

「迷惑じゃない、って」

克がじりじりと迫ってくる。逃げ場のない一葉はうつむいた。

「それだけじゃないだろう。お前は俺が言ったことを本気にしてないのか？」

――俺は、本気でお前と結婚してもいいと思ってる。

克の真剣な表情と声を思い出す。けれど、その言葉が本当だとしても、彼は祖父の遺言に従っているだけ。愛情のない結婚はイヤなのだ。

「だってあんなこと、本気になんてできません」

「お前は、俺の母と須磨子さんのことを好きだと言ったな」

「え？　あ……はい。おふたりとも優しくて、思いやりがあって好きです」

志緒子たちのことを問われて、ふいに顔をあげる。同時に克が壁に両手をついた。

「ぶ、部長？」

後ろは壁、一葉の体の両側に克の腕がある。逃げようとしても逃げられない。心臓がバクバク鳴って、自分のものではないようだ。

「俺のことは？」

瞳を覗きこまれ、息が止まりそうになる。

「……部長のこと？　何がですか？」

「俺のことはどう思っている？　好きなのか、嫌いなのか」

「好き⁉　って……」

「十日間そばにいたくらいで、お前の気持ちが劇的に変わるとは思えないが答えてくれ。もちろん上司と部下としてではなく、男として俺を好きかどうか。少しでも好きかどうか」

「なっ、なんでそんなこと、ここで答えなくちゃいけないんですか」

昨日、克との会社の帰りに、もう少しだけ彼の穏やかな表情を見ていたいと思った。それは嘘じゃない。

だからといって、まだ自分の気持ちがはっきりしない段階で、好きか嫌いかなんて答えようがない。

「俺たちは夫婦になるんだ。そのへんのことははっきりしておかないとな」

「夫婦には……なりま、せん」

あんなにも拒否していたはずなのに語尾が小さくなる。

一葉の中で何かが少しずつ変わってきているのは、わかっていた。

「そんなに俺のことが嫌いか？」

克の声が弱々しく聞こえる。いつもと違う自信なさげな声だ。

「……嫌いじゃ、ない、ですけど」

「けどなんだ。はっきり言ってみろ」

以前は、とてつもなく苦手な鬼上司。それだけだった。でもいまは苦手でも嫌いでもない。むしろ好きなほうだと思う。いや、かなり好きな部類に入っているような気がする。

そうだ。どちらかといえば好きなのだ、克のことが。

気づいたとたん、一葉の顔が、かぁっと熱くなった。

いやしかし……好きといっても、十が完全に恋している好きならば、七割の好きに至っているのか、それとも十割に近いのか、そこがわからない。

好きは好き。だけど、気持ちが満タンになっているわけではない。ただ、そこに至りそうな予感はする。

ごちゃごちゃと考えている隙に克が顔を寄せてきた。

「否定しないということは、好きと解釈していいいな。電車に乗る前も言ってたもんな」

「だ、だからあのときは、そんなこと言ってないって言ったじゃないですか……！　それよりですね、やっぱり私はこのあとも宮瀬家に残りますから。そこは決めたことですので！」

焦って話題をそらそうとする一葉を無視して、克は自分の体を押しつけてくる。

「それとこれとは別だと言ってるだろう。俺はお前の気持ちが知りたいんだ」

「私はお母さまと須磨子さんが心配なんです！　だから……だから、残るんです。別に部長のことが好きとか、気になるから残るとか、そういうんじゃなくて！」

克は何も答えない。上手く伝えられなくてもどかしい。

「いえ、部長のことは嫌いじゃないです！　前は苦手でしたけど、いまは結構好きになってます。結構っていうか、すごく好き……いやでも、それはですね！　十割中七割というか、十割に近いというか、まだよくわからないんですけど、きゃっ！」

克の指が一葉の顎をとらえ、上を向かせた。目の前に彼の端整な顔がある。

「キャンキャンわんわんうるさいな、お前は。可愛い子犬か」

心臓のバクバクが過去最大級かと思われるほど激しくなった。これでは克に聞こえてしまいそうだ。

「か、可愛いって、また部長はそんなこと言っ……んっ！」

ふいに克が体をかがめ、すぐに離れる。

「え……？」

一瞬、何が起きたのかわからなかった。

「部長じゃない。克だ、一葉」

「……んっ」

耳もとでささやかれ、体がびくんと揺れてしまう。顔が熱い。克の息が耳にかかる。混乱する頭でたったいま起きたことをどうにか反芻した。

――キスされてしまった。

ファーストキスを、克に奪われてしまった。

我に返った一葉は両手で克の胸をぐいと押す。

「なっ、何を、何をするんですか……っ！」

しかし彼はびくともせず、体をぴったりとくっつけたままだ。

「もしかしてお前、本当に恋愛初心者だったのか……？」

克が眉根を寄せた。黒い瞳が一葉をとらえて離さない。

「……わ、悪いですか、初めてで」

「いや、そんなことは言っていない。そうか、初めてか」

目を細めて微笑む克。いったい何がそんなに嬉しいというのだろうか。

「とりあえず、家の中で部長と呼ぶのはやめてくれ。会社にいるようでくつろげない」

それはそうだな、と思いつつも、彼の感触が唇に残っていて、一葉は返事ができなかった。

「この家で上司と部下という関係を引きずるのはやめよう。だから俺もお前のことを名前で呼ぶ。いいな？」

「……名前で？」

「そうだ。不満か？」

「……な、名前のことは別にいいですけど、それより……いきなり、キ、キスしないでください。……信じられない」

キスという単語を口にするのも恥ずかしいのに、言わなければわからないのか、この上司は。それに、志緒子や新次郎がここにきたら、どうするつもりだったのだ。

「イヤだったか……すまない」

「イヤとかそういうんじゃなくて、だ、だって急にするから」

この言い方だとイヤではなかったというニュアンスに取られてしまいそうだ。

（でも確かに驚きはしたけれど、イヤじゃなかった……って、なんなの私はもう……！）

なおも混乱する頭を横にぶんと振る。

自分の気持ちにこれほど翻弄（ほんろう）されるのは初めてかもしれない。初めて続きのせいか、頭が疲労を感じている。

それなのに、克はまだ離れてくれない。

小さく深呼吸した一葉は、この状況からどう抜け出そうかと考え始める。だがまったく思いつかない。

「わかった。じゃあ、いまからもう一度キスする。いいな？」

「へっ？」

思いがけない克の発言に、おかしな声が出た。

「事前に申告すればいいんだろ？」

「ちょっ、あのっ」

「……一葉」

甘い声で名前を呼ばれて、つい顔をあげてしまった。

「え、ん……！」

避ける間もなく再びキスが下りてくる。とっさに顔をそらそうとしたが、克の手に押さえられてできない。押しつけられた唇は柔らかく、強引だった。

「んう、ん……っ」

いつの間にかひらかされた一葉の唇に、克が自分の唇を深く重ねる。そうして……生ぬるいものが口中に入ってきた。

「ん……っ？　んんっ⁉」

それが克の舌だとわかる。驚いて口を閉じようとしたのだが、許されない。

克の手が一葉の腰に回り、体ごとぐいと引き寄せられた。電車で密着したときよりも、さらに彼の体温を感じる。体の奥で知らない熱が宿り始めた。

「んっ、も、ダ、メ……ッ！」

どうにか顔をそらして、唇を離す。だがまだ克の腕の中からは逃(のが)れられていない。

「どっ、どういうつもりで、何度もキスするんですか……！」

「どういうって、さっきも言った通り、俺たちは夫婦になるんだ。結婚したらキスどころじゃないんだぞ？」

キスどころではない……の言葉に過剰に反応してしまう。

「だから、まだ夫婦になるって決まったわけじゃないです。なのにどうして部長は――」

「克だ。部長はやめろと言っている」

「んっ」

また耳もとで言うから、勝手に声が漏れてしまった。

「克と呼んでくれれば、俺が何を考えているのか教えてもいい」

呼ばなければ教えてくれないということか。この密着している体も離してもらえそうにない。

彼が何を考えているのか本気でわからなかった。だから知りたいと思う。

それに家の中で「部長」と呼ばれたらくつろげない、というのは正論だ。

覚悟を決めた一葉は、蚊の鳴くような声を出した。

「……か、克、さん」

「ん？　なんだって？」

「克さん……！」

「よし。よく言えたな。じゃあ教えてやろう」

ふっと笑った次の瞬間、克が一葉をぎゅっと抱きしめてくる。

「あっ⁉」

「俺は……お前以外の女と結婚するつもりはない。この先もずっとそれは、変わらない」

一葉の心と体が一瞬で燃えあがるように熱くなった。けれど、勘違いしてはいけない。

「それは……遺言があるからですよね？」

克の腕の中で縮こまりながら問いかける。

「もちろんだ。祖父の願いを叶えてやりたいと思っている」

「おじいさまの遺言を大切にしたいから結婚するだけなんですよね？　私のことなんて――」

「最初はそう思っていた」

好きでもないクセにと続ける前に、遮(さえぎ)られる。

「だが、いまはそれだけじゃない。俺がお前を気に入っているんだ。父さんにも言ったのを、聞いていただろう」

「気に入られているようには思えません」

「はっきり言わないとわからないか」

克は両手のひらで一葉の両頬を包んだ。

「俺は、お前のことが好きなんだよ」

突然の告白が一葉にめまいを起こさせる。

一葉を見つめる瞳は情熱的だ。好きと告げた声もなんて甘いのだろう……

つい、うっとりしそうになった一葉は、あわてて否定の言葉を投げた。

「う、嘘言わないでください。私を好きだなんて、そんな、全然そんなふうに見えない」

自分のどこに、克が好きになる要素があるというのか。第一、そんなそぶりはなかった。そう考えたが、克の行動を思い出してしまう。

(車で送ってくれたときも、客室を遠慮したときも、お皿を割った私にケガがないかと聞いたときも……優しかった……?)

「好きでもない女にキスしたりしないよ、俺は。この十日間、お前がいてくれて俺は楽しかった」

追い打ちをかけるように克がささやく。

「部長……」

「だから名前」

一葉を抱きしめる克の手に力がこめられる。「克」と呼ばないと、この先も何かをされそうだ。

「か、克さん」

「よし」

ようやく彼の手の力がゆるんだので、一葉はそっと息を吐く。

「まぁ、無理もないな。急にそんなことを言われても、信じられないというのはわかる」

「ずっと……仕事のできない私は、部長に嫌われていると思っていました」

「……なるほど。そう受け止められていたのか」

「え……？」

嘆息した克は一葉から体を離した。テーブルに近づき、こちらを向く。

「本当にまだしばらくここにいるんだな？」

「そのつもりです。お母さまにも須磨子さんにもお伝えしてありますので、大丈夫です」

「申しわけないが、よろしく頼む」

「頑張ります」

急に話題と克の態度が変わった。ホッとしたような、物足りないような複雑な気持ちが湧きあがる。

「しかし本当にできるのか？　また父さんの大切にしているものを壊されても困る。掃除の手つきを見ていたが、とてもじゃないけど、褒められたもんじゃなかったぞ。俺のほうがよっぽど――」

「やってみせます！　部長よりもちゃんと……あ」

ついまた、売り言葉に買い言葉をしてしまった。しまったと思った瞬間、克がニヤリと笑う。

「やると言ったな？」

「……やります。こうなったら完璧にやってみせます。だから……婚約のことは……」

「わかった。婚約の話もその分だけ延ばそう。一葉」

「は、はい」

名前を呼ばれるたびに、いちいち過剰に反応してしまう。しばらくすれば慣れるのだろうか。

「わからないことは須磨子さんと新次郎に聞いてくれ。俺はありがたくお前の気持ちを受け取って、仕事に打ちこませてもらうから毎日帰りは遅くなる。悪いが、お前を手伝うことはできない」

「それは、わかってます」

「俺は任せると言ったら、すべて任せる主義だ。お前を信用して宮瀬家のことを任せる」

「はい、任せてください」

克が一葉を信用すると言ってくれた。その言葉は素直に嬉しく、一葉に自信を持たせてくれる。仕事中もこんなふうに言ってくれれば素直に受け止められるのにと思う。

「須磨子さんの具合が落ち着いたあと、お前が俺と正式に婚約してくれることを望むよ」

「……それは」

「わかってる。無理強い(むりじ)はしない。だが、お前がここにいる間に、俺の気持ちをわかってもらえるように努力をしないとな」

本当に、これがあの鬼上司なのだろうか。

「朝食がすっかり冷めてしまったな。温め直すか」

「あ、私がスープを温めてきます。コーヒーと他のものは――」

「俺はこのままでいい」

「じゃあ私も。克さん、は……席にいてください」

「ありがとう」

一葉はそそくさとスープの入ったカップを持って台所へ向かった。

少しひとりにならないと、克が唇を動かすたびに何度でも思い出してしまう。

つい先ほど味わった、ファーストキスを……


宮瀬家に残ると決めてから、ちょうど一週間後の土曜日。

「うう、広い……ちっとも終わらない。平日は免除されたけど、土日は着物姿だから動きづらい～」

着物は志緒子が着せてくれた。

一葉は台所を綺麗にし、一階のお風呂とトイレ掃除、リビングと廊下のモップをかける。廊下は昼間も薄暗いのだが、怖いだのなんだのと言っていられなかった。やることが多すぎて、おびえているヒマなどこれっぽっちもない。

「意地を張らないで、新次郎さんに手伝ってもらえばよかった。はぁ……」

次はようやく階段の掃除だ。

克は仕事、志緒子は町内会長の家で会合をし、そのあと別の集まりでランチに行くという。

克は土曜もほぼ毎週出勤しているようだ。彼と暮らすまで、そんなことは知らなかった。

真面目な人だと思う。人に厳しいがそれ以上に自分に厳しく、家族には優しい。祖父の願いとはいえ、こんな無茶を叶えてやりたいという人など、そうそういないだろう。

仕事ができて真面目で家族思い。そのうえ魅力的な容姿を持つ克。

(そんな人に好きだって言われたんだ、私……)

抱きしめられ、キスまでされてしまった。

先日のことを思い出しては顔から火が出そうになる……というのを、掃除中に何度も繰り返している。

「あーもう、集中しなくちゃ終わらないのに……!」

「へぇ、結構頑張るね～」

モップを持って階段をあがろうとしたとき、二階から声をかけられた。克の弟の修だ。

「あ、修さん。おはようございます」

修は大学の友人の家に連泊したり、遅くまでバイトや遊びに時間を費(つい)やしているため、いままで一葉とはほとんど会うことがなかった。

「疲れない？　この家、無駄に広くて大変でしょ」

重厚な階段をゆっくりと下りながら彼が言う。彼はワッフル地のプルオーバーにスウェットというラフな服装をしていた。さっきまで寝ていたのだろう。

「まぁ、はい。でも大丈夫です」

「どうせ、うちの財産目当てなんだろうけど無駄だよ」

「……はい？」

一葉は意味がわからず、階段を上りながら首をかしげる。修と視線が合った。

「また親父のものを壊さないうちに、さっさと家に帰ったほうがいいんじゃないのかなぁ」

「あの、さっきおっしゃった『財産』って？」

「宮瀬家の財産が欲しいから、約束の十日間をすぎても一生懸命そんなことしてるんでしょ？」

一葉の頭にかっと血が上った。

「違います！　失礼なこと言わないでください！」

「じゃあなんでそんなに必死にやってるのさ。財産目当てじゃないってんなら、うちの家事をこなしたって、あなたになんのメリットもないじゃない。そもそも、克とは結婚する気がないって言ってなかったっけ？」

階段の途中で修が立ち止まる。彼はあからさまに怪訝（けげん）そうな表情を浮かべていた。

一葉も足を止めて背筋を伸ばす。おかしな誤解はしてほしくない。

「あなたのお母さまと、須磨子さんのことが気になったからです。あのおふたりのことを放っておけないっていうか――」

「なるほどね。お人よしキャラでいくんだ？」

修がニヤリと笑う。が、目は笑っていないのが見て取れた。

「なんですか、それ」

「俺は騙されないからね。そうやって克に近づいて宮瀬家に取り入ろうとする女は何人もいるんだ。あなたも、そういう人のひとりなんでしょ」

一葉は階段を上り、修の前に立った。

「そこをどいてください」

「はぁ？」

「お掃除の邪魔です。あっちに行って」

下から修のことを睨みつける。微塵も思っていないことを決めつけられるのは、我慢がならない。

「なっ、なんだよ、その態度は」

たじろぐ修の前で、一葉はモップの柄を強く握り直した。

「勝手に決めつけるあなたのほうこそ、どういう態度なんですか。信じられない」

「本当のことを言っただけだろ」

「本当なんかじゃありません。私は財産を狙ってなんかいません」

一葉は修の前から少しずれて、階段をあがっていく。

「私は失礼なことを言われて黙っていられるタイプじゃないんです。私がここにいるのが気に入らないなら、克さんに文句を言ってください。もしくはお母さまか須磨子さんにおっしゃって、私をいますぐ追い出せばいい」

二階に上りきると、今度は一葉が修を見下ろす番だ。彼はこちらを見あげていた。

「須磨子さんの具合がよくなったら、私は出ていきますのでご安心を」

「そうなの？」

「克さんと結婚する気になるかなんてわかりません。急に許嫁（いいなずけ）とか結婚なんて言われたって、私も困りますし」

「ふうん」

「あなただって、私みたいな庶民がこの家に入るのがイヤなんでしょう？　身分違いもいいところですもんね」

「別に身分違いはどうでもいいけどさ」

修は自分の頬を人差し指でかいたあと、嘆息した。

「まぁ、あなたがあれこれ言っても信用できないのは変わらない。俺はじーさんの遺言も信用してないし」

修はそこで言葉を区切り、じっと一葉を見つめる。

「……だけど、そうだな。一葉さんが正式にこの家の家政婦になるっていうなら、反対しないけどね」

「なっ、なるわけないでしょう。本当に人の話を聞いてない人ですね……！」

「怒ると面白い顔だなぁ」

ハハハと笑った修は、階段を下りきって、リビングのほうへ行ってしまった。

一葉は、ふうと息をつき、廊下のモップがけを始める。

（あの人、すごく感じが悪い。……でも、自分がこの家の人だったら、確かに私みたいな存在は怪

しさ満点かもしれない。いきなり受け入れられるわけがない、か）
そこまで考えてハッとする。
「そのほうが都合がいいじゃない。遺言で結婚を決めるなんて、私はまだ納得がいってないんだから、追い出してもらったほうがいいはずなのに……何をムキになっちゃったんだろ」
一葉はモップの柄を握りしめ、廊下の床板をぐいぐいと拭き進めた。

昼ごはんは新次郎が買ってきた弁当を食べる。午後は洗濯物を片づけ、アイロンがけをし、休憩をしたらいよいよ夕飯の支度だ。

夕飯は、かき玉うどんと、ちくわとごぼうのキンピラ、きゅうりの漬物。かき玉うどんは蕎麦屋（そばや）で何度か食べたことがある。とろみのついたツユに溶いた卵が入ったうどんだ。志緒子の好物らしい。

須磨子に作り方を聞いておいたキンピラは、材料をゴマ油でいためてめんつゆを絡めればそれなりになるそうだ。とりあえず、頭に叩きこんでおいたメインのかき玉うどんの作り方を思い出しながら準備を始める。

「材料は、冷凍うどんに卵とうどんのおつゆ。間違いようがないよね。平気平気、やればできる！　……多分」

窓の外は夕暮れが終わり、すでに暗い。台所を温める古いストーブの炎が、ちらちらとゆらめいている。

「大丈夫か」

しばらくすると、台所に克が入ってきた。いつの間にか帰っていたようだ。私服に着替えている。

「あ、部長おかえりなさい。お仕事お疲れさまでした！」

「……名前」

彼は一気に不機嫌な顔になった。「部長」と呼ばれるのがイヤだというのは理解しているのだが、つい出てしまう。二年近く続けた呼び名を変えるのは、なかなか難しい。

「か、克さん」

まだ気恥ずかしさが残るので、目をそらしてつぶやく。

「よろしい。何を作ってるんだ？」

「えっと、かき玉うどんです」

この一週間、会社でも宮瀬家でも、克に声をかけられると必要以上に緊張した。彼の唇の感触や、口中に入ってきた舌の柔らかさが思い出されるからだ。なのに、克は相変わらず涼しい顔をしている。余裕な態度がなんだか悔しい。

「かき玉うどんとはまた、ずいぶんとハードルの高いものを作ってるんだな」

「ハードルが高い？」

比較的簡単に作れるものだと、須磨子が教えてくれたのだが……

「一見簡単そうだが、シンプルなものほど難しいんだよ」

「言われてみれば……目玉焼きとか、結構難しいですもんね」

「目玉焼きは作れるのか」

「一度作って失敗したっきり、です」

「ははっ」

そんなことだと思った、と克が笑う。

一葉の胸が甘酸っぱく痛んだ。克の笑顔がやけにまぶしく、ときめきさえ感じる。修に笑われたときは腹が立つだけだったのに。

「それで、どこまでできたんだ？」

「あ、ええと、まだおつゆの段階です」

「香りはいいな。ひと口もらうぞ」

克は食器棚から取り出した小皿に、つゆを少々入れて口に含んだ。唇をぺろりと舐めている。あの舌で舐められたんだ……などとまた思い出してしまった。

「……どう、ですか？」

「出汁（だし）はちゃんと出ているが、少々薄い。片栗粉を入れることを考えると、もう少し醤油（しょうゆ）を足したほうがいいと思う」

「わかりました」

克に醤油（しょうゆ）の分量を聞いて入れ、沸騰する直前に火を止める。けれど、ちくわとごぼうのキンピラを忘れていた。あわてて冷蔵庫から材料を取り出す。

「それをどうするんだ」

「炒めてキンピラにするんです」

「じゃあ、ごぼうは俺がやるから貸してくれ」

「お願いします」

克がごぼうを洗い、包丁の背で皮をしごいたあと、手際よくささがきにしていく。素晴らしい手さばきだ。一葉はその間にちくわを数本、輪切りにしただけである。

「新次郎も出かけているのか」

「はい。明日の食材のお買い物に行っています」

克が、ふと手を止めて笑った。

「なんですか？」

「いや……うちの者たちは、意外とお前に信用を置いているんだと思ってな。いいことだ」

「そんなこと、ないですよ」

昼間に修と会話したことを苦く思い出しながら、ちくわを切り続ける。

「私、克さんの弟さんに嫌われているみたいですし」

「修に何か言われたのか」

克の声色が変わった。思わず一葉は口をつぐむ。まずかったかもしれない。

「一葉、遠慮せずに言ってくれ」

「あの、修さんに言わないでくださいね」

「なるべくそうするが、内容にもよる。だが言ってくれないと気になって仕方がないだろう。頼む、教えてくれ」

宮瀬家の人々に修と同じような誤解をされるのはイヤだ。特に、克にだけはそう思われたくなくて、一葉は修の言葉を口にした。

「私が、約束の十日間をすぎてもここにいるのは、宮瀬家の財産目当てだからだろうって」

「あいつ、そんなことを……！」

克が血相を変えたので、すぐに言葉を続ける。

「言い返してやりましたから、いいんです」

「なんて言ったんだ」

「私はそんなことしない。お掃除の邪魔だからどいて、って」

「ははっ、それはいい」

克にだけは誤解されたくない。どうしてそう思うかといえば、答えはひとつしかない気がするのだが、一葉はその思いをいったん横に置いた。

「でも私、修さんが言うこと、ちょっとわかるなって思うんです」

「何をわかるというんだ？」

水にさらしたごぼうを水切りした克は、フライパンを温め始めた。一葉は冷凍うどんを取り出す。

「だって修さんからしたら、私って相当不審な女じゃないですか。遺言があったからって、のこのこ家にきたりして」

「お前は婚約を拒否してるけどな」

「まぁそうなんですけど。でも私が逆の立場だったら修さんみたいに思うかもしれないなって」

「人がいいな、一葉は」

「いい人キャラで財産を奪おうとしているみたいに見えているらしいですよ？」

一葉が笑うと、克も噴き出した。

ごま油が温まったところに、ちくわとごぼうを入れる。克は上手にフライパンを揺すって炒めていた。一葉はつゆに冷凍うどんを入れていく。

「俺はそんなふうに思ってないよ」

「……本当ですか？」

「ああ。お前は嘘をつけない。ずるいことも考えつかない人間だと思ってる」

嬉しい言葉だった。言い返したとはいえ、修に疑われていることはやはりモヤモヤしていた。だからなおさら克の言葉が心強かった。

克がキンピラに味つけをし、一葉はつゆにとろみをつけて溶いた卵をうどんに少しずつ入れた。初めてにしては上出来に思える。念のため克に味を見てもらった。

「うん、うまい。よくできた」

「よかった……！」

「これなら母さんも喜ぶよ。須磨子さんも。ありがとうな」

「あ」

伸びてきた手が一葉の頭をぽんとなでた。彼の優しい感触と微笑みが一葉の顔をほてらせる。

「いえ……結局キンピラは克さんに任せっきりでしたし、私はたいしたことをしてないので」

キンピラと並行してうどん作りをするのは、初心者には無理だったかもしれない。克がいてくれて本当によかった。

「俺のいい奥さんになれるんじゃないか」

「ま、またそういうことを……！」

「冗談だよ。そうイヤがるな」

修の発言で、もうひとつ引っかかっていることがある。それは、宮瀬家の財産を目当てに、克に近づく女性がいるということだ。本当なのか、克に聞いてみたい。

「熱いから俺が器に盛る。そこのどんぶり取ってくれ」

「あ、はい」

お玉を握る大きな手に目がいく。指が長くて綺麗だ。

会社では見ることのないラフな格好の肩の線や引き締まった腰の細さ、長い脚。家だと気を抜いているのか、少し撥ねたところのある艶のある黒髪。そして憂いのある横顔はいつまでも見つめていたくなる。

一緒にすごしてみて思う。こんなに素敵ならば、たとえ財産狙いでなくともモテるに決まっている。

いままで気づかなかったのが不思議だ。これまで、自分は彼の何を見ていたのだろう。

「須磨子さんの分は俺が持っていくから。お前は先に食べててくれ」

思わず、克の顔を見つめた。気づいた彼が見つめ返してくる。

「どうした？」

「いえ。……あの」

「ん？」

どんな女性が克に近づいたのか、それぱかりが頭に浮かんでしまう。

「えっと、ありがとう、ございます」

「何がだ？」

「キンピラ作ってくださったり、おうどんの味見をしてくださったりして」

「気にするな。当然のことだ」

聞きたいのになぜか聞けない。喉に小骨が刺さったままのような、ちくちくとした思いが一葉の胸にこびりつく。

（なんだろう、これ。もしかして私、嫉妬してる……？）

そんなまさか、と一葉は心の中で否定したが、鈍い痛みはおさまらなかった。


「おいしいわぁ〜。一葉さん、とってもお上手よ」

帰宅後、ダイニングテーブルに着いた志緒子に、一葉はかき玉うどんを褒められた。

「克さんが手伝ってくださったんで、おいしくできました」

「そうなの？　仲がいいのね」

「ええと……お仕事ではいつも大変お世話になっています、はい」

「ふふ、一葉さんて面白いわねぇ」

ふたりでうどんをすすった。ちょうどよいとろみのついたうどんは、克に味見をしてもらったおかげで本当においしい。

宮瀬家は豪華な邸宅だが、昔の作りのせいで暖房をつけていても足元が冷える。だから志緒子は、すぐに体が温まる熱いうどんが好物なのだと言った。とろみがついていれば冷めにくいので、なおいいらしい。

うどんとキンピラを食べ終えた一葉と志緒子は、お新香をつまみに熱いお茶を飲む。

「克はね、一葉さんがこうやって家にくる前から、いつもあなたのことを褒めていたのよ」

「え？　前からって……」

一葉はテーブルに湯呑を置いて志緒子に問うた。

「お仕事のこと。頑張り屋さんで根性があるお嬢さんだって、何度も言っていたわ。須磨子さんと私の前でね。あなたのことをとても気に入っている様子だった。飲み会でのあなたの写真も見せてくれたわ」

「ほ、本当ですか？」

ここで褒められていたとは初耳だ。

「ええ、本当よ。お義父さま……克のおじいさまが亡くなったあとに、克の婚約者についての遺言が見つかったのだけど。私たちはそれで、初めて一葉さんのことを知ったのよ。克はおじいさまっ子でね。遺言をそれは気にしていたの。ただ、おじいさまの一方的な思いだったら、一葉さんのお宅にご迷惑でしょう？　黙っていたほうがいいのか、それともおばあさまに会いに伺ったほうがいいのか……ずいぶん悩んでいたわ」

克の祖父が亡くなったのは、一葉の祖母が亡くなる二年ほど前だと聞いていた。

「でもね、一葉さんのおばあさまが亡くなったとき、やはり直接お会いしてお伝えしておけばよかったと後悔してたの。おばあさまは急に亡くなられたのよね？」

「ええ、そうです。そんな兆候はまったくなくて……それまでずっと元気でした」

入院すらしたことがない、よく動く、元気な人だった。

「会社で、あなたからおばあさまが亡くなったことを聞いて、克はいてもたってもいられなかったみたい」

「それで葬儀にきてくださったんですね」

「そうなの。遺言のことを藤村家にお伝えしたら、あちらでもおばあさまの遺言が見つかった。あなたのおばあさまも同じ思いだったと知って、よけいに克は後悔していたわ。早くお会いしてお伝えしておけばよかったと」

克はおじいさまっ子。だからあんなにも遺言に書かれた婚約にこだわるのだ。そして一葉の祖母の思いまでも背負いこもうとしている。克の気持ちを思うと、一葉の胸が痛んだ。

「克は、この家のためにいろいろと頑張っているの。本人はあまり口にしないのだけれどね」

「須磨子さんも前にそう言っていました。どういうことなんでしょう？」

「宮瀬家は華族になった当時こそ、財産を持っていたけれど、先行きが思わしくないときもあったらしいの。それを先代の、もうひとつ前の、大正時代までさかのぼるわ。その方が、華族ではないものの商才のあるお宅のお嬢さんと結婚をしてね。それでなんとか財を残せるまでになったそうよ」

平成の前の昭和……それよりも前の大正時代。この洋館は宮瀬家が安定した時に建てられたのか。

「だから土地がたくさんあるし、ありがたいことに家賃収入だけで私たちの世代は暮らしていられる。それで穣さんは好きなことをしているの。でも克は、この暮らしがいつどうなるかわからないと言って、大学にいるときからたくさんお勉強をして、卒業後もお仕事を頑張っている」

「……克さんが」

「私が一葉さんに教えたことは克に言わないでね。ああ見えて結構な見栄っ張りだから、一葉さんには知られたくないかもしれない。修はどちらかといえば、穣さんのような自由な考えを持った子なのよ。私ものんきだから、克に頼りっきり」

志緒子が苦笑する。

いいところのお坊ちゃんなのに、克は家のためにひとりで頑張っていた。あんなにも仕事に打ちこんで……

一葉はお茶を淹れ直そうと立ちあがる。ちょうどそこへ克がきた。彼の顔を見たとたん、心臓を掴まれたかのように胸がずきっと強く痛んだ。

「あら、克。須磨子さんは召しあがった？」

「ああ、全部食べたよ。俺も一緒にそこで食べた」

「そう、よかったわ。須磨子さんにはもう、あまり無理をさせてはいけないわね」

志緒子が目を伏せる。

「そうだな。母さんはつらいかもしれないが、別の家政婦にきてもらおう」

「……わがままを言ってはいけないわね。そうしましょう。でもね、克——」

「わかってる。須磨子さんがいたいだけ、ここにいてもらうよ。何も心配しなくていいから」

表面的なものではない、母を気遣うとても優しい声だった。

「ありがとう、克」

志緒子が嬉しそうに微笑んだ。須磨子を大切に思う志緒子の気持ちが痛いくらいに伝わった。

克と一緒に台所に食器を持っていく。食洗器はあるのだが、克はシンクで洗い物を始めた。

一葉は新次郎が買ってきた食材を確認してメモを取る。あとで須磨子とメニューの相談をするためだ。

「……克さんって」

「なんだ?」

一葉に呼ばれた克が、顔だけこちらを振り向いた。

「……優しいんですね」

志緒子や須磨子に対する彼の態度を思い出しながら言った。

それだけではない。仕事で疲れているだろうに、こうして一葉のことも手伝ってくれる。修のほうがよっぽどヒマそうなのだが、彼は何もしない。若いから仕方がないのか、性格なのか。

「いまごろ知ったのか」

苦笑した克は手もとに視線を戻した。

「家族にはとても優しいんですね、です」

「誰だってそうだろう。身内に優しくしないでどうする」

スーツを着て仕事をしている背中と、食器の洗い物をしている背中。どちらも克の背中なのに、雰囲気はまるで違う。会社にいるときは常に緊張が漂(ただよ)っているが、家にいるときは柔らかい雰囲気をまとっている。最近やっとそれを感じ取れるようになったのだ。

「しごく当然だが、仕事は金をもらう。それに見合う働きと責任を果たさなくてはいけない」

食器を洗い終わった克は、タオルで手を拭く。

「だから、厳しいんですね」

「厳しいか、俺は」

「厳しくて怖くて、ずっと鬼みたいだと思っていました」

「言ってくれるな」

克は喉の奥で、くっと笑った。シンクを背にこちらを向いている。彼の後ろの曇りガラスに、ぼんやりと月の明かりが映っていた。

「でもそれ以上に、克さんは自分に厳しい人……ですよね」

「自分に厳しい？」

「はい。そう思いました。だから――」

克が部長になって半年後の早朝。彼のデスクに飾ったのは秋色のブーケの半分。残りの半分は自分のデスクに置いた。あのころ、克はぎっくり腰で倒れた須磨子の代わりに家事をし、会社の仕事を猛烈にこなしていた。だからあんなにも疲れて、デスクで眠ってしまっていたのだ。

克と半分こした花を見るたびに一葉はなんとなく嬉しかったのを覚えている。克も数日間、その花が枯れるまでデスクに置いてくれていたのだ。

「だから、なんだ？」

「いえ……えっと、そういうところを尊敬しています」

ブーケのことはとっくに忘れているだろう。いまさらそんなことを伝えても、彼が覚えていなければ意味がない。確認したことはないが本当に忘れられていたら……なんだかショックだ。

「……そうか」

克が微笑む。どうしてもその笑顔に見とれてしまうから、やめてほしい。でもやっぱり見ていたい。意味がわからない自分の感情に焦りがつのった。

「だ、だから、仕事に集中してください。家のことは私がやりますので」

「お前こそ毎日忙しいだろう。会社の仕事に支障は出ないのか」

「一度言ったことはやります。でも、須磨子さんがよくなるまで、というか、須磨子さんがよくなっても、他の家政婦さんが見つかるまでいます」

「そこまでいてくれるのか」

「はい」

克が一歩前に踏み出た。

「花嫁修業ではないんだよな？　それは」

問われて目を泳がせる。克の言う通り、志緒子と須磨子のためであって花嫁修業ではない。そう言いたいのだが、なぜか言葉が出ない。

「今日は『結婚なんてしませんから』って否定しないんだな」

「……っ！」

思っていたことを指摘されて一葉の顔が一気に熱くなる。たぶん、耳や首まで真っ赤だ。

「私、まだやることが残ってるので失礼します……っ！」

彼に背を向け、台所を出ようとした。

「一葉、待て」

「あっ」

二の腕を掴まれ、着物の小袖が翻る。

「い、いた……離してください」

「悪い。だが、離す気はない」

力をゆるめてはくれたが、言葉通り克は離してくれそうもない。一葉は台所の入り口のほうを見た。ここが死角になっているとはいえ、気が気ではない。

「誰かきちゃいます」

「こない」

「こっ、こないなんて、なんでわかるんですか」

言い切る克に抵抗するも、身に着けたエプロンが揺れるだけだ。

「きてもこなくても、どうでもいい。……一葉」

「あ」

克の胸に引き寄せられた。あっという間に彼の腕に、すっぽり包まれてしまう。

「なぜだ？」

「え……？」

「なぜ俺から逃げようとする。その動揺した顔が何を意味するのか、自分でわかっているのか？」

「ど、動揺なんてしてません」

彼が着ているセーター越しに心臓の音が伝わった。克の息遣いが一葉の体にしみこんでいくようで、体温が上昇する。

「顔をあげて、一葉」

「イヤ、です」

低い声が体中に響いた。克の手の力よりも、その声が一葉の動きを止めてしまう。

「動揺してないんだろ？　それなら顔を見せても大丈夫だよな」

ドキンドキンと心臓の音がうるさいくらいに響いている。

「一葉」

なだめるような優しい声に惑わされて、ついに顔をあげてしまった。待ち構えていた瞳と視線が絡む。

「真っ赤じゃないか」

口のはじで笑われ、かっと顔が燃えあがった。

「ここが暑いだけです」

恥ずかしさと悔しさに唇を尖らせると、克が一葉の耳に顔を寄せた。

「いつまでそんな意地を張れるのか、試してみようか」

彼の息と声が耳の中に入ってくる。ぞくりと肌が粟立ち、なんともいえない甘い感覚に襲われた。

「んっ、やめっ」

両手首を掴まれてしまい、身をよじっても逃れられない。無駄だと言わんばかりに克が何度も耳にキスを落とした。

「ほんとに、っ、あ……」

ちゅっという音と柔らかな感触を感じて、声が勝手に漏れ出てしまう。一葉は目を固く閉じ、口も引き結んだ。

克の母や新次郎に聞かれてしまったら……。考えるだけで死ぬほど恥ずかしい。

「……ん」

だが、そう思えば思うほど体が敏感に克の唇に反応してしまう。彼の唇は一葉の耳たぶから首筋へ移動した。

「んぁっ」

自分でも驚くほど、びくんと体が揺れた。克の唇が肌に触れるたびに、力が抜けていく。

(私……変だ。声をあげてイヤがればいいのに、それが……できない)

知らない感覚が一葉の体を覆っていく。

一葉の首筋をむさぼる克の髪が、鼻先にあたる。彼の香りにクラクラして立っていられそうにない。

どうにか声を出さないように我慢した。小刻みに息を吐いていると、克の唇がようやく離れる。

これで解放されると思った一葉は瞼(まぶた)をそっとあげたが、それは勘違いだと次の瞬間に知る。

「んっ⁉」

強い視線が一葉を捉え、唇が重なった。

「んうっ、んんっ」

克の唇が一葉のすべてを呑みこむ勢いで、激しく吸いついてくる。まるで自分のすべてを一葉に刻みこもうとしているような、キスだった。

一葉の舌に、克は自分の舌を絡ませて舌の根まで舐めつくす。ますます頭がぼうっとし、思考は停止した。

「ふ、は、ぁ……っ」

ようやく唇が離れたときには、脱力した体を克に支えられている有様だ。

「な、なんで……こんな、こと……」

「定期的にしておかないとな。俺の気持ちを忘れられては……困る」

涙目の一葉に、克が甘い声で言う。

「まだ俺の気持ちを疑っているんだろ？　お前は」

だって、と言い返したかったが、小さくうなずくことしかできなかった。

「俺は好きでもないやつに、キスはしないと言ったよな？」

「……言いました」

「俺の顔を見て返事をしてくれ」

恥ずかしくてたまらないのだが、一葉はそろそろと顔をあげる。

「い、言いました……」

「一葉のそういう顔を見られて、満足だ」

目が合った克がニヤリと笑う。

「……いじわるです、克さんは」

一葉はゆるんだ彼の腕の中から逃(のが)れ、台所を飛び出した。食器棚が並ぶ小部屋を通り抜けてダイニングに入る。

「あら、一葉さん、どうしたの？」

ダイニングテーブルで緑茶を飲んでいた志緒子が、きょとんとして言った。

「い、いえっ、あの、ちょっと須磨子さんに明日からのメニューを聞こうと思って……！」

「お疲れさま、無理しないでね」

「はい。大丈夫です」

食材のメモを握りしめて、小走りに廊下へ出る。

（心臓のバクバクが止まらない。……私、どうしよう）

薄暗い廊下をパタパタとスリッパを鳴らして進む。廊下の暗さにはすっかり慣れてしまった。それほど長い間、この家にいるのだ。

そして会社では知らなかった克を見るたびに胸がときめくようになっている。

「須磨子さんに早くよくなってもらわないと。このままじゃ私……」

廊下の角を曲がったところで一葉は立ち止まった。壁についた百合の形のランプがぼんやりと壁を照らしている。

「ずっとここにいたいって、克さんのそばにいたいって……思っちゃいそうだ。あんなに婚約を拒否していたクセに」

克は一葉を好きだと言った。本気で結婚したいとも。その気持ちに応えてもいいのだろうか。でももしも、克が遺言を守るために、そのようなことを言っているのだとしたら……。想像するだけで胸が張り裂けそうになる。

一葉は頭をぶんぶん横に振り、須磨子の部屋へ急いだ。

街路樹は葉を落とし、冬枯れの様相に変わっていた。吹きすさぶ風が冷たく、ときに痛いくらいだ。

「もう十二月も半ばかぁ」

一葉は会社帰りに宮瀬家に近いコンビニで肉まんを買った。今朝から食欲がなく、昼休みにおにぎりをひとつ食べたきりだ。

帰ってから宮瀬家で貧血でも起こしたら困ると思い、お腹に何か入れようと、大好物の肉まんにした。歩きながら、あつあつほかほかのそれをほおばる。

「ん……？　なんか、味がしない？」

なぜかおいしくない。いつもと同じものを買ったのにどうして？　肉まんを掲げて首をかしげると、肩がこわばっていて痛い。

「パソコンの見すぎかな……？　でもなんとなく、あちこち痛いような……」

それも節々が痛むのだ。そう気づいたとたん、体に悪寒が走った。一度起きた寒気は止まらない。

「もっと着てくればよかった。そろそろダウンコートを出そう」

肉まんをコンビニの袋に戻し、肩を縮ませて夜道を歩く。

「毎日慣れない家事をしてるんだもの、あちこち痛くても不思議はないか。最近、やっと筋肉痛がなくなってきたと思ったのに」

会社と宮瀬家での家事を両立させることには、慣れてきた気がする。とはいえ、毎日くたくたに疲れて、ベッドに入った次の瞬間には眠りに落ちている、という日々が続いていた。

「克さんに文句を言わせないくらい、いろいろできるようになってきたんだから、そこは自分で自分を褒めてもいいと思うんだ」

しばらく住宅街を歩き、宮瀬家に到着した。大きな黒い門を開けて小道を進んでいく。途中、灯りが一本立っているだけでここはとても暗い。

「うう、今夜は特別寒いなぁ。須磨子さんの膝の痛みがひどくなっていないといいんだけど」

腰はだいぶよくなった須磨子だが、寒さが厳しくなるにつれ、膝の痛みに悩み出したのだ。歳だから仕方がないんです、と力なく笑う彼女が切なくて、一葉は少しでも力になりたいと思っていた。

明かりのついた洋館が暗闇に浮かびあがる。レトロな建物は幻想的で美しく、つい立ち止まって見つめてしまう。

「ただいまー、です」

玄関扉を開けると、ちょうど新次郎がこちらへやってきた。

「おかえりなさいませ、一葉さま」

「すごく寒いですね、今日は」

「すっかり冬ですからね。お風呂が沸いておりますよ。お先に入られてはいかがです？」

荷物を持ってくれようとするが、それは遠慮する。宮瀬家の人間ではないのだから、そんなことをさせるのは申しわけがない。

「いえ、先にお夕飯の支度をしなくちゃ」

「それならもうできてございますよ」

新次郎が満面の笑みを見せた。

「え……？　須磨子さんが作ったの？」

「いえ、まだ須磨子さんは長時間台所に立てませんので」

「ではどなたが？」

克は残業していたのでまだ帰っていないはずだ。修が作るとは思えない。まさかの新次郎が？

不思議に思っていると、新次郎が得意げな声を出した。

「奥さまが奮闘されて、お夕飯をお作りになりました！」

「お、お母さまが!?」

「左様でございます。私も奥さまがお料理をなさるのを、何十年ぶりかで拝見いたしました。感激にございま、す……ううっ」

「ちょっ、新次郎さん!?」

須磨子と同じで新次郎も涙もろいのだろうか。

「も、申しわけございません。お見苦しいところを……」

「大丈夫ですか？　とりあえず、着替えてきますね」

「食堂で奥さまがお待ちしております」

「はい」

部屋へ向かおうとしたとき、一瞬視界がぐらりと揺れた。

「……ん？」

「どうかなさいましたか？」

「いえ、何も」

変だなと思いながら二階の部屋へ行き、私服に着替える。今日は平日なので着物ではないのだ。

「一葉さん、おかえりなさい」

「お母さま、すみません！」

ダイニングに行くと、志緒子が何やら用意している。彼女は普段から着物姿だ。須磨子のように真っ白い割烹着（かっぽうぎ）を着ている。

「いいのよ、一葉さん。あなたが頑張っているのだもの。私だって、何かしなくちゃと思ってね」

「これは……？」

大皿にのった旬の野菜と白身魚がテーブルに並んでいる。

「お鍋にしてみたの。これなら私にもできるだろうって、須磨子さんが教えてくれて」

「私、お鍋大好きなんです！」

「よかったわ。一緒に食べましょう。克の分はよけてあるわ。今夜も遅いのだろうから」

「はい。いただきます」

志緒子の言葉に甘えて、一葉は席に着いた。

くつくつと煮える鍋からいい匂いが立ち昇る。頃合いをみて、ふたり一緒に箸を入れた。

「おいしいです。素材の味が際立っていて」

本当は、出汁（だし）の味がしないのだが、志緒子は不慣れなのだから当然だろう。野菜をカットするだけでも相当大変だったはずだ。

「うふふ、須磨子さんに何度も味見をしてもらったのよ。どんどん召しあがってね。須磨子さんのところへは新次郎が持っていったわ。彼もそこで食べるのですって」

須磨子が味見をしているということは、味が薄いわけではないのか。不審に思うも、一葉は話を続ける。

「あの、須磨子さんは大丈夫なんですか？」

「まだ立ちっぱなしや、たくさん動き回ることはできないのだけれど、味見をするくらいはと言ってね。さっき、きてくれたの。いまはお膝が痛いんですって」

「そうですか……」

「……ええ」

うなずいた志緒子が、一葉の顔をまっすぐに見る。彼女は箸を置いた。

「一葉さん。ずっとここにいてくれてありがとう」

「そんな、どうなさったんですか急に」

「突然、遺言で結婚しなさいと言われたって納得できないわよね。私は一葉さんがこの家に入ってくれたらとても嬉しい。でも、あなたの気持ちを優先させなければ、ね」

「お母さま？」

「あなたはよくやってくれているわ。花嫁修業だなんて時代錯誤なことをさせてしまって、ごめんなさい」

「それは、私がやると言ったからいいんです。それに花嫁修業をさせたがったのは私の両親ですし」

「ううん。私たちだって、あなたがきてくれることに浮かれて、あなたの気持ちを何も考えていなかったんじゃないかと思うの。須磨子さんの具合はだいぶよくなったし、克にも言った通り、新しい家政婦さんを雇うことにするわ。いつまでも駄々をこねている子どものようなおばさんなんて、ダメだものね」

悲し気な顔をして微笑む志緒子の顔が、どうしてか歪んで見える。

「お母さま、それはどういう……あ、あれ？」

目の前に綺麗な星が、ちらちら光った。視界がおかしい。辺りがぐるぐると回り始める。

「あ……っ」

自分の意思とは関係なく、一葉は椅子から床に落ちた。

「一葉さん⁉」

「な、何これ……」

頭がガンガンする。目の前がぼやけてきた。

「新次郎きて‼　一葉さんが……！」

温かい鍋を食べたばかりなのに、寒いなと思う。なのに、頬に触れる床が冷たくて気持ちよかった——

「ん……」

体が熱くてたまらなくて、ふいに目が覚めた。

いつの間にか一葉は自分が使っている客室にいる。それもなぜかベッドの上だ。いつ眠りについたのか、まったく記憶にない。

「どうした？　苦しいか？」

「ぎゃっ！」

人がいたとは思わず、驚きの声をあげてしまった。

「……なんで悲鳴をあげるんだよ」

「克、さん……？」

「ああ、そうだ」

部屋の隅に置いた間接照明が、部屋をほんのりと照らしている。明かりはそれしかついていない。

「ここで、何してるんですか」

混乱しながら声の主に問いかけた。

「何って、お前が倒れたから看てるんだよ」

「倒れた……？　私が？」

「覚えてないのか」

そばに置かれた椅子に座る克が、心配そうに言った。

ベッドの上の天蓋は端に寄せられている。天井のシャンデリアを見つめながら、一葉はおぼろげな記憶を手繰り寄せた。

「……私、ごはんを食べて、それで、椅子から落ちた……？」

床が冷たくて気持ちがいいと思ったことはよく覚えている。

「あ、そのあと、……救急車を拒否したような気が」

「らしいな。絶対イヤだって引かなかったと聞いた。風邪だからとお前が言って、母が熱を測ったんだが、三十九度近くあったそうだ。つらかっただろう」

「そんなに熱があったなんて……全然気づきませんでした。やけに寒くて、体のあちこちが痛いなと思っただけで」

「気づけよ、そこは」

「冬だし、今日寒いですし、節々が痛いのはお掃除のやりすぎで筋肉痛なのか、と」

喉の奥が痛む。頭も、体中も、まだ痛かった。

「疲れたんだろう。仕事と、ここでの家事の両立は無理があったな」

「そんなことありません。喉も痛いので、ただの風邪です。これは……ウィルスが悪いんです」

強がりを言いながら克をじっと見つめる。彼は嘆息して首を横に振った。

「そうかもしれないが、悪化させた原因はウィルスじゃない。……俺だ」

「違いますってば」

「とりあえず、明日のことは考えずに寝てろ。俺がそばにいるから」

「……すみません。あ、トイレに行ってきます」

「じゃあ俺は飲み物を取ってくる。薬も呑むか」

「はい」

トイレの前までついてきてもらう。中に入ると、克は階下へ向かった。

「疲れたのかなぁ……」

そんな自覚はなかったが、やってみせると克に宣言した手前、ムキになっていたのは確かだ。

トイレを出てヨロヨロしながら部屋に入ると、間もなく克も戻ってきた。

「呑めるか？」

「はい」

ベッドに座って、克から解熱効果のある風邪薬と水をもらう。

「呑ませてやろうか」

「え？」

「口移しで」

「なっ、ななっ、何を言ってるんですか!?」

「冗談だよ。口答えする元気はあるみたいだな」

椅子に座った克がクスッと笑った。

「こんなときにやめてください、もう」

これ以上熱があがったらどうしてくれる。一葉は薬を口へ放りこみ、水で流しこんだ。熱を測ると三十八度まで下がっている。

「アイスでも食うか？　冷凍庫から持ってきたんだ」

「あ、食べたいです。克さんは？」

「俺はいらないよ。甘いものは苦手だ」

「なんとなく、そんな感じはしてました」

「なんだ、そんな感じって」

克は笑いながら椅子を離れ、サイドテーブルに置いたアイスを手にする。スプーンと一緒に一葉へ渡した。

アイス用のスプーンのようで、まだ固そうに見えたクリーム色のアイスがするする削れてしまう。

舌にのせた瞬間、それは甘く溶けた。

「食べられそうか」

「はい、おいしいです、とっても。バニラ大好きなんです」

「よかったな」

「……はい」

微笑む克がまぶしくて……思わずうつむいた。アイスをすくうことに集中する。

「なんだ？　急にしおらしくなって」

「べ、別に、なんでもありません」

冷たいアイスがほてった口中を冷ましてくれる。

「冷却シートを替えよう。触るぞ」

「え……んっ」

アイスを呑みこむのと同時に、額からシートをはがされて動揺する。その間に克は新しいシートを準備し、一葉の額に押しあてた。

「ひゃあっ！」

「ははっ、冷たいか」

「冷たいですよ……！　いくぞとか、いま貼るぞとか、合図をしてからにしてください」

「それじゃあつまらないだろ」

「つまらなくないです」

楽しそうに克は笑い、一葉がアイスを食べるのをそばで見守っていた。優しい視線に一葉の心拍数があがる。この状況は熱を下げるには逆効果かもしれない。

「ごちそうさまでした」

「ゆっくり寝てろ。何かあったら、すぐに俺を起こすんだぞ？」

「……はい」

「俺はそこのソファで寝るから」

克が部屋のソファを指さした。

「ええっ！」

「どうした、不服か」

「不服も何も、子どもじゃないんですから、ひとりでも全然大丈夫です」

「お預かりしている藤村家の大切なお嬢さんだからな。何かあったら取り返しがつかない。そうさせてくれ」

「で、でも」

「安心しろ。病人に手は出さないよ」

「……っ！」

「俺は風呂に入ってくる。ゆっくり寝てろ。おやすみ」

「……おやすみなさい」

一葉は急いで布団に潜りこんだ。

克が戻る前に眠ってしまおう。そうすれば意識しないで済む。

熱のせいだけではないドキドキを感じながら、一葉は強く瞼を閉じた。


翌朝目を覚ますと、ソファに枕と掛け布団があった。

「克さん……？」

克が使ったものらしいが、彼の姿はない。

薬がよく効いたのか、克がそばにいてくれたからなのか……朝までぐっすり眠ってしまった。

サイドテーブルに置いてあった体温計で熱を測ると、三十七度五分まで下がっていた。ベッドから下りてカーテンを開ける。空は青々と晴れていて、外は今日も寒そうだ。

「会社、休んだほうがいいかな……。風邪なら、他の人に伝染るかもしれないし、迷惑だよね」

一葉はパジャマの上にストールを羽織り、階下へ向かった。リビングに入ると今日も割烹着を身につけた志緒子がいる。一葉の姿を見てすぐに駆け寄ってきた。

「ああ、一葉さん！　大丈夫なの⁉」

「はい、ご迷惑をおかけしました、ひゃっ」

「よかったわ、本当によかった」

志緒子が、ぎゅっと一葉を抱きしめる。彼女の着物から上品な香りが立ちのぼった。その匂いが一葉の胸をいっぱいにさせる。一葉を抱きしめる志緒子の小さな手は、とても優しかった。

「今日は一日寝ていてね？　会社はお休みしなさいな。克に言っておけば大丈夫でしょう」

体を離した志緒子が一葉を見つめる。その目は少し潤んでいた。本気で心配しているのだ。

「……すみません」

「あなたが謝ることはないのよ。気づかなかった私たちを許してちょうだいね」

「許すだなんて、そんな」

「藤村さんが大事にしていらっしゃるお嬢さんをお預かりしているのですもの。あなたに何かあれば、ご両親に合わせる顔がないわ」

昨夜の克と同じことを言っている。

どうしてこうも、宮瀬家の人々は一葉に優しいのだろう。こちらが申しわけなくなるくらいに。

「よし、私がおかゆを作ってあげますからね」

志緒子は一葉の背中をさすった。彼女にこそ無理をさせたくなくて、一葉は小さく首を振る。

「パンがあればそれを食べるので……」

「いいのよ、作り方は須磨子さんに聞いてるから。安心して」

うふふ、と柔らかく笑う志緒子に、一葉は泣きそうになった。弱音を吐いてしまいそうだ。

「俺が作るよ」

そこへ克が現れる。彼は水色のワイシャツにスーツのズボンを穿き、エプロンをつけていた。

「克さんが作るの？」

「母さんは昨日の夕飯を頑張ったから疲れてるだろ。昨夜の鍋の残り汁で卵がゆでも作るから、母さんも一葉と一緒に食べるといい」

「まぁ、嬉しい」

志緒子が両手をぽんと合わせた。

「須磨子さんにも持っていってくれ。新次郎の分はどうする？」

「新次郎はパンを食べたって言ってたわ」

「じゃあ、母さんは一葉と少し待ってて」

克の言葉に嬉しそうにうなずいた志緒子は、お茶の用意を始めた。

リビングを抜け出した一葉は、台所に立つ克の背中を見つめる。彼は土鍋から残った具を取り出し、ごはんを入れていた。

「克、さん」

一葉の声に反応した克が振り向く。

「熱はどうだ？」

「三十七度五分まで下がりました」

「それはよかった」

克はホッとしたように息を吐いた。一葉は克のほうへそっと歩みを進める。

「あの」

「ん？」

鍋を火にかけている克に朝日があたっている。キラキラとまぶしくて、一葉は目を細めた。

「昨夜はずっと、ついていてくださったんですか？　ソファにお布団があったから……」

「ああ、いたよ。といっても俺も眠ってしまったが」

台所の食器棚から人数分のお椀を取り出している。

「箸がいいか、スプーンか、れんげか」

「れんげがいいです」

「じゃあみんなれんげにするか。あとは漬物と……」

「手伝います」

「いいからダイニングで座ってろ。ここは冷える。いまおいしいのを作ってやるから」

「すみません」

「会社は休めよ？」

「会社の皆さんに伝染すのはイヤなので、お部屋でおとなしくしています」

「それがいい」

くつくつと煮える土鍋にお玉を入れ、ゆっくりとかき回している。一葉は彼に言いたいことがあって台所にきたのだが、なかなか口にできないでいた。

「あの、本当になんでもできるんですね。須磨子さんが前に腰を痛めたとき、克さんが家のことをやっていたって聞きました」

「他にいないからな。新次郎も料理はできないし、修はあの通り、はなからまったく手伝う気がない」

克がやれやれといったふうに苦笑した。

一葉は息を吸いこみ、ようやくその言葉を吐き出す。

「昨夜は、ありがとうございました」

「ああ。気にするな」

間を空けると気恥ずかしさから、また別の話題を出してしまいそうなので、一気に続ける。

「克さんがそばにいてくださったから、たぶん心細くなったりしないで、朝までぐっすり眠れたんだと思います」

「……一葉」

こちらを向いた克に一葉はお辞儀をした。

「だから本当に、ありがとうございました」

克がいることに気づかないくらい、よく眠れたのだ。宮瀬家にきて一か月近くになるが、必ず一度は夜中に目が覚めた。ホームシックと呼ぶほどではない。けれど気持ちのどこかに心細さがあったのだと思う。

ゆうべは熱が出たことでさらに不安になりそうなものだが、そうならなかったのはきっと、克がそばにいてくれたからだろう。

「今夜もいてやろうか？」

「だ、大丈夫です」

「なんなら一緒にベッドに入ってやってもいいぞ？」

克がいじわるそうに笑った。

「な……っ！　失礼しますっ！」

「遠慮するなよ、一葉」

背を向けると、克の笑い声が台所中に響いた。


その後、一葉の代わりにしばらく克が家事をしてくれた。

そしてすっかり体の具合はよくなったというのに、一葉は別のことに悩まされていた。この数日間、寝ても覚めても克の顔がちらついて離れないのだ。

「どうしちゃったの、私」

一葉を看病してくれたときの笑顔、心配そうに顔を覗きこんでくる表情。唇を重ねられたときに差し出された言葉、そのときの真剣な表情。彼とのことを細かに思い出しては照れたり、恥ずかしくなったり、ニヤニヤしたり……

「これじゃまるで、すっかり恋してるみたいじゃない」

つぶやいた言葉に、自分で驚く。

「私があの鬼上司に、恋？」

メイクを終えた自分の顔を見ると、頬が紅潮している。チークのせいじゃない。克を思い出して赤く染まったのだ。

「う、嘘、ほんとに？　私、克さんのこと……本気で好きになってる……？」

これまで何度かそう思うことはあったが、常に否定していた。十割中、七割とかなんとか、ごまかしていたのに、とうとう自覚してしまった。

克を好きだから、なかなか素直になれないのだ。尊敬しているだけではなくて、ひとりの男性として好きになっている。

あそこまで婚約を拒否していたクセに、なんということだろうか。知れば知るほど、彼に惹かれてやまない自分に気づくだなんて。


「一葉」

「はいいっ！」

十二月下旬の月曜。会社に行く直前、玄関でばったり会った克に呼び止められた。

恋を自覚したばかりの一葉の心臓は弱い。呼ばれただけで胸がきゅんっと痛んで、全身が硬直してしまう。

「どうした？」

「べ、別に……、なんでしょう？」

黒のハーフコート姿が素敵だ。グレーのシンプルなマフラーも彼によく似合っている。

「今日、会社の帰りにこの店へ寄ってくれ」

ドギマギしている一葉に、克はいつもの落ち着いた声で言った。

「え、はい」

小さなカードを渡される。

「『旬菜　炭ごころ』……？」

なんの店だろうか。

「六時には社を出られるな？」

「多分、大丈夫です」

「俺のほうが遅くなりそうだから先に入っててくれ。俺の名前で予約を取ってある」

「予約、ですか。ということは帰りが遅くなりますよね？」

「夕飯の心配はしなくていい。新次郎に宅配を頼ませる。お前、好き嫌いはあるか？」

「いえ、特に。大抵のものは食べられます」

「そうか、わかった。これから俺は取引先に直行するから、じゃあな」

そう言って、さっさと玄関を出てしまった。ふたりの関係を知られないために、別々に出社することにしている。

「心臓に悪い……。っていうか、急になんなんだろう」

スマホで店名を検索してみると、口コミで評判の高級料亭だった。

「すごいお店。……ここで一緒にごはんをするの？　ふたりで？」

顔がぼっと熱くなった。克にどのような意図があるかはわからないが、ふたりで出かけるなら、多少はオシャレをしていきたい。

「新しい服を着ていきたいな。急いで着替えちゃおうか」

一葉は二階へ駆けあがり、部屋に入って簞笥を開けた。冬用に買っておいた一度も着ていないワンピースを、実家から送ってもらっていたのだ。

「会社から出るときに、髪型も変えていこう。アクセサリーも持って……」

着替えた一葉は、引っ張り出したアクセサリーをバッグに突っこむ。

「急がないと」

玄関を飛び出すと、きんと冷えた空気が頬を刺した。

「お送りいたしましょうか、一葉さま」

外で車を拭いていた新次郎が声をかけてくる。ありがたいが、笑顔で手を振った。

「大丈夫です、ありがとうございます！」

「いってらっしゃいませ」

「いってきます！」

門まで続く小道の両端は木々が茂っている。木々の足もとの花壇に下りた霜柱が、木漏れ日に照らされてキラキラと光った。

一葉は走って小道を下る。まだ間に合うのだが、どうにも駆け出さずにはいられない。

ふたりで料亭？　どういう風の吹きまわし？　何を食べるんだろう。お酒も飲む？　帰りは遅くなるって、何時ごろまで……？

「藤村」

「……」

「おい、藤村」

「え、はいっ」

仕事中、パソコンの前でぼうっとしていた。一葉に声をかけていたのは、克だ。

今朝、宮瀬家を出たときから一葉は何もかも上の空だった。電車を乗りすごしそうになったほどだ。そのあともずっと、今夜のことが気になって集中できない。克が近づいたのも気づかなかった。

「えっと、なんでしょうか？」

「なんでしょうかじゃないだろう。課長が頼んだ見積もり、一か所間違えてるぞ」

「えっ！」

プリンアウトしたものをデスクに置かれる。

「まだこの数字だったからいいものの、これがひと桁違う数字だったら、どうするつもりだ？」

「すみません！」

指摘されてゾッとする。受注した物の十個が百個、百個が千個に間違っていたら……とんでもないミスにもほどがある。

「朝から何をうわついているんだ、お前は」

痛いところを指摘されて、かっと頭が熱くなった。

「別に、なんでもありません」

「なんでもないなら集中しろ。課長が優しいからといって迷惑をかけるな」

「……はい」

久しぶりに克に叱られた一葉は、以前よりも明らかにへコんだ。

「ふじちゃん、大丈夫？　もしかしてまた具合でも悪いの？」

竹本が一葉にささやく。先輩にも心配をかけてしまった。……情けない。

「いえ、そんなことないんです。すみません……」

「ううん。でも、何かあったら言いなね？」

「はい。ありがとうございます」

好きになってしまう前は、克に叱られると悔しくてたまらなくて、ムキになって仕事をこなすだけだったのに。いまは、つらく悲しく、自分の仕事のできなさ具合がたまらなく恥ずかしくなる。

(上司に恋するなんて、これほど面倒なことはないかも)

一葉は小さく息を吐き、見積もりのやり直しを始めた。

結局、予定していた退社時刻をすぎてしまう。

仕事を終わらせ、更衣室で制服からワンピースに着替えるも、朝のウキウキ感はどこかへ行ってしまった。

あんなミスをしたあとで克と一緒にお出かけ……。もしかしたらこのあと、仕事の説教が続くのではないかと思うと気分が重い。

髪をまとめてメイクを直し、家から持ってきたピアスとブレスレットをつけた一葉は、コートを羽織って会社を出た。

外はすっかり宵闇だ。今日は風がなく、比較的寒さは和らいでいるように感じる。

スマホのマップを見ながら師走の繁華街を急いだ。

昨日は日曜日で、志緒子と新次郎と須磨子、そして一葉の四人でささやかなクリスマスイブをした。克は残した仕事が片づかず、帰ってきたのは夜遅くだ。

「私とふたりでクリスマス？　……まさかね」

輝くイルミネーションの中、鳴り響くクリスマスソングを聞きながら、ひとりごちる。

マップに導かれて一歩入った路地に、ひっそりと『旬菜　炭ごころ』と小さな看板を掲げた店があった。

店員に案内されて個室へ入る。

「すみません、お待たせしました」

「今日は俺のほうが早かったんだな。お疲れさん」

部屋はすっきりとした和モダンな作りだ。明るい木目のテーブルと椅子、部屋の隅に和紙でできた大きなランプが置いてある。間接照明が、部屋の雰囲気をより素敵なものにしていた。

「ちょっと支度に手間取っちゃいまして」

克の正面に座り、店員が差し出した熱いおしぼりで手を拭いた。とりあえず飲み物を頼む。病みあがりということで酒は頼まず、ウーロン茶にした。

「ん？　朝とは雰囲気が違うな」

「髪をまとめてみました」

「いいんじゃないか。服も似合ってる」

克は穏やかな笑みを一葉へ向ける。「似合ってる」の言葉が嬉しい以上に、とにかく叱られなかったことにホッとした。

（本当に克さんって、会社と普段では別人みたいだ。さっきはあんなに怒っていたのに）

重たい気持ちを抱えていたことがバカバカしくなるほどだ。

「具合はもういいんだな？」

「はい、もうすっかりなんともないです。その節はお世話になりました」

「まぁ、よかった。あれは相当焦ったぞ？」

「すみません」

出された先付（さきづけ）に箸をつける。くりぬいた柚子（ゆず）に鴨（かも）のローストビーフが入っていた。てっぺんに大根おろしがちょこんとのっている。柚子（ゆず）の風味が絡まり、たまらなくおいしい。海老芋（えびいも）のフォアグラ焼や、蟹（かに）がぎっしり詰まった湯葉（ゆば）巻きなど、どれもこれも、舌がとろけそうになるほど美味だ。

「失礼します」

店員がテーブルにガスコンロを置きにきた。魚介類、鴨肉のツミレ、野菜がぎっしり入った土鍋を運び入れる。

「ここの鍋はうまいんだ。体の芯からあったまる」

「すごい！　豪華ですね」

「たくさん食べて、体力つけろ」

克が菜箸で鍋の様子を見る。

「あの……どうして私と一緒にここへ？」

「この前、母さんが作った鍋をほとんど食べられなかっただろう？　そのことを母さんは気に病んでいたんだ。もしかしたら自分の料理で、一葉の具合が悪くなったんじゃないかって」

「そんな！　全然違います！」

「わかってるよ。風邪だろうと伝えたらホッとしていた。俺が外で一葉に鍋を食べさせると約束して、ようやく気持ちも収まったようだ」

「そうだったんですか」

「すっぽんでもよかったが、病みあがりにはキツイかもしれないと思ってな」

「食べたことないです」

「じゃあ今度行くか」

「ちょっとだけ……考えておきます」

すっぽんを丸ごと煮込んでいるのを何度かテレビで見たことがある。高級食材とはいうが、あの姿にどうも食指が動かない。

「別に怖いもんじゃないぞ。コラーゲンは美容にいいし、雑炊は絶品だ。なんなら生き血も頼んでやる」

「えっ！　それはちょっと、かなり……無理です」

「ははっ、飲んだら元気が出すぎて眠れなくなるかもな」

一葉が複雑な顔をすると、克が楽しそうに笑った。土鍋から湯気が立ち昇る。

いい塩梅に煮えたころを見計らって、克が取り分けてくれた。出汁がきいていて、どの具材も素晴らしくおいしい。

そして、先日志緒子が作ってくれた鍋は、体調のせいで味がわからなかったのを本当に申しわけなく思った。今度、志緒子と一緒に鍋を作って、じっくり味わおう。

「たまにはいいだろう、家以外の場所で一緒に食事するのも」

「たまにはって、初めてですよね。ふたりでどこかへなんて。飲み会は何度も一緒でしたけど」

まぁな、と克は日本酒を飲んだ。そういえば彼が酔ったところを見たことがない。相当イケる口に違いない。

「お詫びもあったが、今日はお前に息抜きをしてほしいと思ったんだ」

「え……」

一葉の箸が止まる。

「さすがに倒れられてはな。責任を感じる」

「だからあれは風邪のウィルスですって言ってるのに。お母さまも克さんも気にしすぎです」

「何度も言うが」

克はおちょこを置き、両手を顔の前で組んだ。

「俺はお前と本気で結婚するつもりだ。未来の妻の体調を気にしない夫などいないだろう」

真剣に言われるとどう答えていいかわからない。

彼の言葉を素直に受け止めて、そして自分の思いを伝えてもいいのだろうか……。気持ちが通じ合って結婚に向かうなら、それほど嬉しいことはない。

自分も克を好きになってしまったことを言ってしまおうか。いま、ふたりきりのときに……

「だが……このままではいけないな」

一葉が口をひらきかけると、克が先につぶやいた。

「いけないって、どういう意味ですか？」

「いや、なんでもない。食べよう」

このままではいけない？　ふたりの間のこと？　それとも……

恋心を伝えようとした気持ちがしぼんでいく。鍋はとてもおいしいのに胸が重苦しい。

具を食べ終わると店員が雑炊の用意をしてくれた。溶いた卵に少しずつ火が通る。

克はお玉でかき回して雑炊の様子を見た。小鉢を自分のほうへ寄せる。できあがったら一葉の分を取り分けてくれるのだ。

克はさっきから、なんでも先回りして世話を焼いてくれる。会社とのギャップがすごすぎると、いままで何度思ったことだろう。よく気がついて、とても優しい。

「そろそろ話そうか」

「何をですか？」

「お前のおばあさんのことだ。知りたいと言っていただろ？」

克がまっすぐ一葉を見つめる。

「おばあちゃんのこと……」

そう、宮瀬家を初めて訪れたとき、克は祖母のことを知りたくないのかと聞いた。一葉はそれが知りたくて宮瀬家に残ったのだ。

一葉は背筋を伸ばした。自分の知らない祖母の姿を、彼の祖父は知っている。祖母がどういう思いで孫娘に婚約を託したのか、どんな些細なことでもいいから知りたい。

「教えてください」

「ああ、ちょっと待ってろ」

克はそばに置いたビジネスバッグの中を探る。

「宮瀬家に二枚だけあったんだ」

テーブルに置かれたのはモノクロの写真だった。着物を着た女性と、三つ揃えのスーツを着た男性が写っている。どちらも若い。背景は映画館だ。女性の顔に見覚えがある。

「これはもしかして……おばあちゃん⁉」

「そうだと思う。裏に名前が書いてあるんだ。となりにいるのが俺の祖父だ」

ひっくり返すと、走り書きで年数とふたりの名前が記されていた。確かに祖母の名前である。

「おばあちゃんの若いころなんですね。こっちも可愛い……」

もう一枚の写真は着物ではなく、モダンなワンピースを着た祖母だった。背景はどこかの駅のホームだ。ワンピースとおそろいの帽子をかぶり、低いヒールの靴を履いている。

くりっとした目と小柄な体が一葉に似ていた。

「この二年後に、祖父は別の女性と結婚している。俺の祖母だな」

克の祖父と一葉の祖母はその直前に別れたのだろう。一葉の胸が痛む。

「あの、克さんのおばあさんは……」

彼の祖父の話は聞いたが、その妻である克の祖母の話は聞いていない。

「実は俺は知らないんだ。結婚は政略的なものだった。一葉のおばあさんと別れて結婚したんだからそうだよな。だが案の定、結婚生活は上手くいかず、俺の父さんが成人したあと離婚したんだよ。祖母は再婚して、うちの祖父よりも前に亡くなっている」

「……そうだったんですか」

「もしかすると、そんな経緯もあって、祖父は一葉のおばあさんに執着していたのかもしれないな」

無理に別れたからこそ思いを残していたのかもしれない。克の祖父は別の女性との結婚生活が上手くいかなかったのだから、なおさら。だったら初めから祖母と結婚すればよかったのにと思わなくもない。だが、その時代に生きていない一葉にはわからないことが、きっとたくさんあるのだ。

「俺の母方の祖父母は、俺が小学生になるまでにふたりとも亡くなっているんだ。俺にとって長い間祖父として接していたのは、遺言を遺したあの人なんだよ。だから祖父の思いを大切にしたいという気持ちが強い」

克は写真を見つめていた。

「私もおばあちゃん子なんです。小さいころから気が合うというか、私のことを常に気にしてくれていて。おばあちゃんの晩年を一緒に暮らしたせいもあるかもしれません。大好きだから、おばあちゃんのことをもっと知りたかった」

そうだな、とうなずいた克は、写真のほかに一通の封筒を差し出した。

「日記か何か残っていればよかったんだが、それは見つからなかった。その代わり、これがあった」

「手紙、ですか？」

「ああ。差出人を見てほしい」

裏を見ると、ここにも祖母の名前がある。

「おばあちゃんからの手紙……？」

「祖父の遺品を整理していたら、詩集の間から出てきた。俺以外は知らない」

「いつ、出てきたんですか？」

「お前が宮瀬家にくる前日だ。写真は遺言と一緒に見つかったんだが、手紙は祖父も忘れていたのかもしれない。実は俺もまだ読んでいないんだ。一葉が花嫁修業を終えたら渡そうと思っていた」

祖母のことを教えてもらうのは、花嫁修業と引き換えの条件だった。確かに十日間の花嫁修業は終わっている。だが、なぜいまこれを見せてくれるのだろう。一葉の胸に不安がよぎった。

「いいから読んでみてくれ。祖父あてだから、まぁラブレターのようなものかもな」

「……はい」

セピア色にくすんだ封筒を開ける。

「綺麗な字……」

達筆ではあるが、一葉にも読める文字だ。

そこには、克の祖父の結婚を祝う、祖母の言葉が綴られていた。

心から幸せになってほしいこと。克の祖父と一緒にいられた時間はかけがえのない宝物だったということ。初恋は克の祖父だったということ。生まれ変わってもきっとまた、祖母は克の祖父を見つけて好きになってしまうだろうということ。

どんな思いでこの手紙を書いたのか。そう思うだけで切なくて、一葉の瞳から涙がこぼれ落ちた。

かしこ、としたためられた最後に年数と日付がある。克の祖父が結婚する前の年だ。

克の祖父は結婚直前まで葛藤があったのかもしれない。そして悩んだ末に一葉の祖母に遺言を提案したのだ、きっと。自分たちがダメなら子どもに、それがダメなら孫に。いつかつながろうと。

一葉は涙を拭いて、祖母の手紙を克の前に置いた。

「ありがとう、ございます。克さんもどうぞ」

「いいのか？」

「読んでください。私はこの手紙で、祖母の思いを納得できました。読んでよかったです」

克は手紙を手にした。読みながら、何度もうなずいている。

「……そうだったのか」

克は手紙を丁寧にたたみ、封筒に入れた。そしてひとつ息を吐く。彼の胸にも何かがこみあげたようだった。

「読ませてくれてありがとう、一葉」

「いえ、こちらこそ、ありがとうございました」

「これはお前が持っていてくれ」

「でも……」

「そのほうが祖父も嬉しいはずだ」

「じゃあそうします。父と母に見せてもいいですか」

「ああ、もちろんだ。よかったら写真もご両親に見せてくれ」

一葉は手紙と写真を受け取り、汚さないよう、バッグに入っていた手帳の間に挟んだ。父母に見せる日まで大切に保管しておかなくては。

克が思い出したように鍋の雑炊をお玉でかき混ぜる。

「煮詰まってしまったな。食べられるか？」

「……はい」

克は小鉢によそった卵入りの雑炊に、青ネギと刻み海苔(のり)を散らしてくれた。よい香りとともに、熱い雑炊をすする。具材から染み出た味が雑炊に凝縮されていた。

「おいしい」

「……ああ」

ふたりの間にしんみりした雰囲気が続く。

強制された結婚はいまでもイヤだが、祖母の思いを知り、克が祖父の思いを叶えたいと願った気持ちが痛いほどわかった。

しばらく黙々と食べていると、ふいに克が声を出した。

「ああ、それと、これ」

鞄から何かを取り出している。

「なんですか？」

「なんというか……俺からの特別手当だな」

「特別手当？」

差し出された小さな紙袋を受け取った。

「そうだ。開けてみろ」

「はい」

ワイン色の紙袋の中に、青いリボンにくるまれた小さな箱が入っている。一葉も知っているブランド店のものだ。

箱を開けると、ひと粒のダイヤがついた華奢（きゃしゃ）なネックレスが入っていた。前に雑誌で見たことがあるものと同じだ。

「あ、可愛い……！　って、これを私に⁉」

「気に入らなかったら別のものにする。勝手に俺が選んだだけだからな」

　克は残りの日本酒をぐいと飲み干した。

「すごく可愛くて、気に入らないなんてことは全然ないです。むしろとても嬉しいです。でも……こんなに高価なものをいただくわけには――」

「だから特別手当だって言ってるだろ。花嫁修業を頑張ってたからな。十日間どころかずいぶん長くさせてしまったが」

「それは私が勝手にしていただけです」

「その頑張りへのご褒美だ。いいから受け取ってくれ」

「本当にいいんですか？」

「しつこいぞ。いいに決まってるから買ってきたんだ」

「じゃあいただきます。ありがとうございます……！」

　一葉が笑うと、克も嬉しそうに微笑んだ。

「やっと笑ったな」

「え？」

「一葉がおばあさんの写真や手紙で気落ちしたんじゃないかと、心配した」

「少しだけ落ちましたけど、大丈夫です。おいしい雑炊を食べたし、こんなに素敵なものまでいただいて元気出ました。私、現金だから」

「ははっ、自分で言うな」

やっといつもの雰囲気に戻れた気がした。

「早速つけてみてもいいですか？」

「ああ、俺も見たい」

箱からそっとネックレスを取り出す。この繊細な作りが似合う女性になれるだろうか？　一葉はそう思いながら、きらめくネックレスを身につけた。

「どうでしょう、か」

「似合ってるよ、いいな」

「……ありがとうございます」

克が一葉のために選んできたものが首もとを飾っている。そう思うと、なんだかくすぐったい。

「一葉」

「はい」

「お前はまだ、しばらくあの会社にいるんだよな？」

「ええ、もちろんそのつもりですが」

急に話題が変わったことに戸惑う。

「そうか。もっとお前には、たくさんのことを教えておくんだったな」

「もしかして、これ以上しごくんですか？」

「なんでしごくんだよ」

克があきれたようにため息をつく。

「そういうつもりで言ったわけじゃないが、お前にその気があるなら、いますぐここでしごいてやってもいいぞ？　昼間の失敗を忘れたわけじゃないからな」

「ひっ」

「冗談だよ。バカだな一葉は、ははっ」

克が声をあげて笑った。と同時に水菓子が運ばれる。真ん中で半分にカットされたみかんは驚くほど甘く、みずみずしい。添えられたいちごとリンゴも甘みが強かった。

「うまかったな」

「はい、とてもおいしかったです」

「また、こよう」

「……はい」

克の優しい声を受けた一葉は、体だけではなく、心までポカポカと温まっているのを感じた。

満足して、帰り支度の前にトイレに入る。店の大きさに反して広く、個室が五つもあった。ここもまたモダンな雰囲気だ。

「あの……」

「はい？」

ふいに洗面所で女性に声をかけられた。髪の長い、大人っぽい女性。一葉よりずっと歳上の落ち着いた美しい人だが、記憶をたどるも知らない人だ。

「いま、宮瀬さんと一緒にいた方ですよね？」

「え？　ええ」

克の知り合い……？　けれど、仕事関係の人には見えない。

「やっぱり。彼、日本に帰ってきてたんですね」

彼女が懐かしそうな笑みを浮かべた。一葉は本能的にイヤなものを感じ取る。

「……あなたは？」

「私、以前……宮瀬さんとおつき合いさせていただいた者です。彼が日本を出る少し前までですが」

「元カノさん、ということでしょうか」

「そうですね」

女性はうなずいた。細い指にリングをしているが、場所からいって、結婚指輪ではない。洗った手をハンカチで拭きながら、その人は一葉のほうを向いた。

「あなたは宮瀬さんとおつき合いされていらっしゃるんですか？」

「え！　いえ、別に……、会社の上司なんです」

「あ、そうでしたか。すみません勘違いをして」

女性の顔がぱっと明るくなった。……その表情はどういう意味だろうか。

「それなら安心しました」

「どうしてあなたが安心するんですか？」

かちんときた心のままにたずねてしまう。イヤなドキドキがおさまらない。

女性は少し表情を硬くした。

「いえ、ちょっと心配になったんです。宮瀬さんて結構冷たいでしょう？」

「えっと、ま、まぁそういうところはありますね」

一葉の受け答えに彼女がクスッと笑った。

「仕事のおつき合いだとわからないかもしれませんが、男女の関係になるとかなりなんですよ……」

「……っ！」

男女の関係という生々しい言葉が一葉の胸に突き刺さった。

「彼は家が第一で、恋人のことなんて大事にしない、ひどい人なので」

克がひどい人……？　家が一番、大事……？

「だからあなたがもし彼のことを好きなら、いまのうちにやめたほうがいいですよ。ろくな目に遭わないはずだから」

苦笑する女性を一葉はひたすら見つめ続ける。この美しい人と克が恋人だった。そう思うだけでつらくてたまらないのに目が離せない。

「ああ、でも、ただの上司と部下という関係なら大丈夫。お仕事第一の彼には、恋人よりも部下のほうが大事ですものね」

一葉の胸にふつふつと沸いてきたのは怒りだ。だからこの場から去れなかった。彼女から目をそらせなかった。

「かつ……、宮瀬さんはひどい人じゃありません」

「え？」

「ひどい人なんかじゃないと言っているんです」

手にしていたハンカチを握りしめて訴える。けれど、女性は余裕の表情だ。

「恋人でもなんでもない関係だから、そんなふうに言えるんですよ」

口紅を塗り直している彼女に鼻であしらわれる。赤い唇が言葉を続けた。

「まぁ、初対面の女に言われても不快なだけですよね。でも忠告したかったんです。私の前の彼女も確か、そんな感じで宮瀬さんと別れたみたいだから」

「前の、彼女？」

目の前にいる女性の、さらに前の彼女ということか。一葉の動悸が一層激しくなる。

「宮瀬家がどんなお宅か、あなたはご存知？」

「え、ええ」

「それなら話が早いです。さっきも言いましたが、彼はあの代々続いた家が大切で、そこを守ることしか考えていません。特に……彼のおじいさんの言うことは絶対だったもの。近づいてくる女に警戒心を解かないのも、彼の祖父が宮瀬家に近づく女性をことごとく遠ざけようとしたからなのよ」

「え……？」

「直接言われたわけじゃないけれど、ね。彼はいつもおじいさんの自慢をしていた。あの家を守るのは祖父のためだって、何度も言っていたわ。だから、彼にとって家の次に大事なのが、仕事」

ため息を吐いた女性はポーチに口紅をしまった。

「仕事仕事で、ろくに会ってもらえない。彼、別にあそこまで働く必要はないのに仕事ができなければ家族を支えられないからと、がむしゃらに働くのよね。その間、恋人は放っておかれっぱなし。宮瀬家は土地をたくさん持っている大地主だし、財産目当てに近づく人はたくさんいると思うのよ。私もそういう気持ちがなかったといえば嘘になる。ねえ、あなたもそうなんでしょう？」

克の弟、修が言っていた。克には財産目的で近づく女性がいると。それが目の前の女性や、その前の彼女のことだったのか。

「……私は違います」

「あら、そうなの。とにかく気をつけてください、痛い目を見ないように」

あ、それと、と彼女はつけ加えた。

「宮瀬さんが帰国したからって、私は彼に近づいたりしませんのでご心配なく。もうこりごりなの。私のことも彼に伝えなくていいわ。彼もきっと不快でしょうから」

「宮瀬さんは、本当にひどい人じゃありません」

一葉の強い口調に、女性は髪をかきあげた手を止める。そして苦笑した。

「まだ言うの？　それならご自分で確かめるといいですよ。恋人になればイヤでもわかると思いますけどね。あの人がそういう人だってこと」

「彼は私の――」

克との関係を言おうとして、やめた。

「何？」

「いえ、失礼します」

トイレから出ようとした彼女より先に、一葉はその場をあとにした。

何を言っても無駄だ。そう思って伝えなかった。

克が宮瀬家と仕事を大切にしているのは確かだ。周りに厳しく、それよりもさらに自分に厳しい。

会社を立て直すために日々努力している。けれどそんな彼は会社を離れると、とても優しい。口は悪いが、人のことをよく見て、さりげなく助けてくれることができる人だ。そして……

「私の……婚約者だ」

個室に戻ると、克はすでに会計を済ませていた。

「大丈夫か？　また具合でも悪くなったかと思ったぞ」

「……っ！」

こちらを見る優しいまなざしに胸が痛む。泣きそうになるのをこらえた。

「どうした？　本当に具合が悪いのか？」

コートを羽織った克が手を伸ばしてくる。温かくて大きな手だ。額に触れられて、もっと苦しくなる。

「い、いえっ！　なんともないです！」

「デカい声だな」

「……すみません」

「ほら」

壁にかけた一葉のコートを着やすいように持って待つ。そこへ袖を通すと、克は片方の袖も着せてくれた。

(さっきの女性のことを聞いてみたいけど……言わなくていいって言われた。でも気になって仕方がないよ)

そしてやはり、克はモテていたんだと知らされた。さっきの彼女は綺麗な大人の女性だった。その前の彼女もきっと……、考え出したらキリがない。

(私、いつの間にかこんなにも克さんのことを好きになってる)

だからあんなにムキになって、彼は悪者ではないと否定したのだ。好きな人のことを悪く言われるのは、どうしても耐えられなかった。


電車に乗って宮瀬家の最寄り駅で降りる。路地を歩き、克が家の門を開けた。ぎぎい、と鉄がこすれる音があたりに響く。

館まで続く小道を並んで歩いた。ふたりの革靴の音が冷たい空気に溶けていく。

一葉は祖母の手紙とその思い、今日出会った克の元カノのことで、頭がぐちゃぐちゃだ。黙っていると、克が口をひらく。

「一葉」

「はい」

返事をした自分の息が白かった。

「早めに言わなければいけなかったのに、悪かったな」

小道には電灯がひとつあるだけで暗い。だから彼の表情がわかりづらかった。ただ、月は出ている。目が慣れてくれれば、おぼろげに見えるだろう。

「もう、家に帰っていい。あまり長く引き留めると親御さんも心配なさるだろう」

「え?」

何を言われたのか、一瞬わからなかった。

「逃げるなだの、帰れだのと、勝手なことばかり言ってすまない」

「ちょ、ちょっと待ってください。私はまだ帰るつもりはありません。須磨子さんは膝も痛いって言ってるんですよ? だから私は――」

「それは気にしないでいい。家事代行サービスが見つかった。早くそうすればよかったんだが、お前に甘えてしまったな」

月が雲に入り、彼の表情は完全に隠れてしまった。

「もしかして……これで最後ということで、私を食事に連れていったんですか」

「いや、そういうわけじゃない。あれは俺からの感謝の気持ちだ」

「じゃあどうして帰れだなんて」

「お前が倒れたあと、ずっと考えていた。一葉が母さんと須磨子さんのためにここにいたいと言っても、やはりよくなかったのだと。一葉が最初に言っていた通り、遺言で結婚を決めるのもな。お前の気持ちが結婚に向いていないのに、無理やり引き留めてしまった」

「別に無理やりなんかじゃありません。私が逃げないって言ったんですから」

「俺が逃げるのかと聞いたからだろ？　負けず嫌いのお前の性格を、俺は利用したんだ」

邸（やしき）の明かりが見えてきた。すぐそこにあるはずなのに、やけに遠く感じる。

「じゃあ結婚は……」

「いったん白紙に戻そう。悪かったな、振り回して」

克が立ち止まった。一葉も一緒に歩みを止める。

心臓がどくんどくんと大きな音を立て、一葉の体中を駆け巡る。ついさっきまでの幸せな時間とは、雲泥（うんでい）の差だ。

「母さんも須磨子さんも本当に喜んでいた。できれば今後も、彼女たちと交流してくれないか。たまに家に遊びにきてやってくれ」

月が出て、彼の表情がやっとわかった。

「会社ではこれまで通り、上司と部下として、よろしく頼む」

穏やかな声なのに、その顔は悲しげで無理に笑っている。どう見ても本心とは受け取れない。

気づけば一葉はこぶしを振りあげ彼に叩きつけていた。

「いっ！　なんだ!?」

克の腕に置いた手を、もう一度あげる。

「もう一発殴らせてください！」

今度は広い彼の胸に振り下ろす。たいした力が出なかったのは、涙があふれてきたからだ。

「どうして殴るんだよ」

「どうしても、です……っ！　う、ううっ」

夜に溶けてしまいそうな克の黒いコートにしがみつく。

「一葉……？　泣いてるのか？」

「克さんが、あんまり、勝手だからです！　私は帰りません！　十日間の花嫁修業は終わったけど、私はまだ何も決めてないんです。それに、なんて言って家に帰ればいいんですか……」

「藤村家のご両親には俺から話しておく。ぜひ花嫁修業をと言ってくださったのは、一葉のご両親だからな。婚約の話も賛成してくれたが、それも……仕方ない」

冷静な声だ。それがまた悔しい。

やっと自分の気持ちを認められるようになったのに。彼を好きだと自覚できたのに。伝える隙も与えず帰らせるなんて。

「行こう。ここは冷える。また風邪をぶり返すぞ？」

子どもを諭すような声だった。

「……じゃあなんで」

鼻をすった一葉は、ぼそりとつぶやいた。興奮しているせいで寒さなど微塵も感じない。

「なんで、キス……したんですか」

「……一葉」

「私、本当に初めてだったのに……！　引き留めるのがよくなかっただなんて……。私に克さんの気持ちを教えてくれるって言ったじゃないですか。それが嘘なら、なんでキスなんて――」

「お前が離れないようにだ」

彼に両肩を掴まれた。

「私が……？　何から？」

涙がこぼれる顔をあげて彼を見つめると、さらに力がこめられる。

「俺から離れないようにしたかった」

「え……」

「お前が俺から離れないように……、俺を忘れられないように。ただの上司ではなく、ひとりの男として、お前に俺を見てもらうためだ」

克のそれは切なげな声に聞こえた。

「本当に初めてだったんだな。相手が俺でさぞかしイヤだっただろう。悪かったよ。とにかくもうこれで俺から解放される。ありがとう、一葉。この数週間、楽しかった」

「私は帰らないって言ってるんです！」

肩から離れそうになった彼の手を掴む。だが、克は一葉の手をそっと握り返して拒否した。

「もうそんなに心配しなくていい。母さんもいい代行サービスが見つかったと言っている」

「そうじゃなくて……。私、最初はお母さまと須磨子さんのために残るつもりでした。でもいまは……いまは、克さんのそばにいたいって」

「え？」

「克さんが心配なんです。代行サービスを頼んでも毎日、一日中宮瀬家にその人がいるというわけじゃないですよね？　克さんが家のこともして、仕事も忙しくて……あなたが心配なんです。だから残りたいんです」

違う。確かに心配だが、それだけではないのだ。

「それにもっと、あなたのことを知りたいから……！」

一葉は首を横に振りながら声をあげた。

「どういう意味だ」

「私、克さんのことが、好きなんです」

月がまた雲に隠れた。しんとした暗闇の中、聞こえるのは自分の激しい鼓動だけだ。

「……責任感が強いのはいいが、そこまで気を遣わなくていい」

「気なんか遣ってません」

「明日は休みだ。今夜は早く寝て、明日、帰り支度をしたほうがいい。荷物は業者に引き取りにきてもらうから――一葉!?」

克の手を強く握った一葉は、彼を引っ張ってずんずんと歩き出した。

邸（やしき）はすぐそこだ。玄関入り口の明かりだけがついていて、他の部屋の窓は暗い。

ドアを開けると、新次郎がこちらへ歩いてきた。玄関ホールの明かりをつけてくれる。控えめなシャンデリアが温かみのある色を放った。

「おかえりなさいませ、克さま、一葉さま。ご一緒でしたね」

「ただいまです！」

勢いよく返事をしながら、さっさと靴を脱ぐ。

「新次郎ただいま……って、おい、一葉、何を」

「いいからきてください！　問答無用です！」

続いて靴を脱いだ克の腕を掴み、再び強引に連れていく。その様子を見ていた新次郎が、ふたりの後ろから声をかけた。

「坊ちゃん、ご愁傷(しゅうしょう)さまです」

「なんだ、それは、新次郎？　って、待て一葉」

「早くきてください。上で話をつけますので！」

彼の腕を掴みながら階段をあがっていく。

「お風呂が沸いておりますのでお入りください。奥さまも須磨子さんもすでにお休みです。修さまはお出かけにございます」

「あ、ああ、わかった。お前も早く休め」

克は一葉に引っ張られながら、顔だけ振り向いて返事をした。

「そうさせていただきます。ではお休みなさいませ」

いつも通りの丁寧な返事はどこか笑いを含んでいる。

「新次郎さん、おやすみなさい」

一葉も顔を振り向いて挨拶をすると、新次郎が丁寧にお辞儀をした。

暗い廊下の明かりをつけて、進んでいく。新次郎が言ったように二階には誰もいない。一葉は奥の克の部屋の前で立ち止まった。

「開けてください」

「ここは俺の部屋だが」

「いいんです。開けてください」

鼻息荒く答えると、克はしぶしぶと言ったふうにゆっくりドアを開けた。

「なんなんだ、いったい」

「失礼します」

入ってすぐの壁に手を沿わせて明かりのスイッチを入れた。この部屋は須磨子と数回入って、掃除をしたことがある。克は普段から自分で掃除を済ませていたので、須磨子が倒れたあとは一葉は関与していなかった。

デスクの後ろの壁一面が作りつけの本棚で、本がぎっしり入っており、いかにも書斎といった趣(おもむき)がある。天井からモダンな三灯のペンダントライトが下がっていた。床は一葉の部屋と同じ、濃いブラウンのヘリンボーンだ。デスクと椅子もアンティークで、床と同じ色艶(いろつや)が目を楽しませる。

一葉はそこを通り、別のドアの前に行く。真鍮(しんちゅう)の取っ手を握るとひんやりしていた。

「失礼します」

「おい、そっちは寝室だぞ……？　何をする気だ」

一葉は一気にドアを開けて、中に入った。克が追いかけてくる足音がしたが、それは気にしない。その場でコートを脱ぎ捨て、ワンピース姿のまま、克のベッドに大の字になった。

「一葉⁉」

手脚を伸ばしても、一葉が寝ているベッドの倍の広さはある。キングサイズですよ、と言っていた須磨子の声が頭に浮かんだ。

「わ、私は本気で克さんが好きなんです！　気なんて遣ってません！」

目をぎゅっとつぶりながら訴えた。

「気づくのは遅かったけど、克さんが私のために仕事で厳しくしてくれていたり、一緒に暮らしてそばにいるうちに、あなたが家族にとても優しくて、家のために苦労して働いているって知って……全然冷たい人じゃなくて、むしろ優しいんだって」

いままでのことを瞼（まぶた）の裏に思い出す。

「私、そんなこと何も気づかなかった。でも……さっき、克さんの元カノに言われたんです」

「元カノ？　なんだそれは」

克が低い声を出した。そっと目を開けて、ドア際に立つ彼のほうへ顔だけ向ける。

「お食事した場所のおトイレで声をかけられました。長い髪の美人な……克さんがヨーロッパに行く前につき合っていたと言っていました」

「……美佐江か」

嘆息と同時に名前がつぶやかれる。

「名前は知りません」

克が他の女性を呼び捨てにしている声など聞きたくないし、いまはそんなこと、どうでもいい。

「どうしてそんな場所に彼女が？」

「偶然だったそうです。克さんのことを冷たくて、家のことしか考えていないひどい人だって、教えてくれました。でも私、それを否定しました。克さんはそんな人じゃないって怒りました。克さんを悪く言う人を許せなかったんです。自分だって前は克さんのことを鬼とか、口うるさいとか言ってたのに……。そして、それだけあなたのことが好きなんだって、自覚したんです」

「……一葉」

克はこちらへ近づいてはこなかった。

二階のフロアは克の部屋と客室が数部屋あり、廊下をずっと行った奥の角を曲がって、弟の修の部屋がある。彼は今夜も、大学のそばの友人宅に泊まってくると聞いていた。

だからここは静かだ。そして暖房のスイッチがまだついていないせいで、とても寒い。

克は黙っている。先にこの状況に耐えられなくなった一葉は声を張りあげた。

「信じてもらえないのなら、私は今夜ここで寝ます！　に、煮るなり焼くなりお好きなようにしてください。覚悟はできていますので……！」

「覚悟って……覚悟……本気なのか？」

「本気です。私……克さんなら、いいです。克さんがいいんです」

我ながら大胆すぎるだろうと思うが、ここまできたらもう、やめられない。

「俺はお前をつなぎとめるために、一葉のおばあさんの手紙を切り札として持っていた。さっさとお前に見せてやればいいものを……そういう卑怯な男だぞ？」

「気にしていません。むしろ、気にしている克さんは優しいと思います」

「……わかった」

コートを脱いだ克は、それを椅子に投げ置き、スーツのジャケットを脱いだ。

「本当にいいんだな？」

「ど、どうぞったら、どうぞ！　早くしてください。先に自分で脱ぎましょうか……！」

「まったくお前は……ムードもへったくれもないな」

克は首もとに手をやり、ネクタイをゆるめている。いよいよなのかと思うと、全身が緊張に包まれた。

「や、優しくしてください、ね」

「ぶっ」

「な、なんで笑うんですか？　私は真面目に言ってるのに……！」

真剣な乙女に対して噴き出すとは、失礼にもほどがある。

「いや、悪かった。あんまり可愛いからつい、な」

「からかってるんですか」

「からかってなんかないよ。本当に可愛いと思ってる」

「会社ではいつも私に怖い顔しか見せないくせに、こんなときに笑うなんて」

少しむくれていると、克がそばにきた。仰向けの一葉の横に腰を下ろす。ベッドが軋み、一葉の体も揺れた。

「俺は見こみのある人間には厳しくする。男も女も関係なく」

「見こみのある人間って、私が？」

思わず聞き返してしまった。

「親戚から、虹丘レザークラフトを助けてくれと依頼があった。けど、社に入ってしばらくはお前が遺言に書かれた婚約相手だとは気づかなかった。いちいち部下の下の名前まで覚えていなかったからな。お前が婚約者だと知ったときは、驚いたよ。なんにもできないひよっ子が、俺の婚約者なのかと」

「……すみません」

「謝ることはない。俺のほうがイヤがられるだろうと思ったしな。それに、なんというか……お前は放っておけないタイプだった。小さくて可愛くて」

「ほ、本当に？」

微笑む克に顔を向ける。

「お前な……部署のやつらから可愛いって言われてるの、知らなかったのか？」

「そんなこと全然知りませんでしたよ。誰も言ってくれませんでしたよ」

入社してからそんな言葉をかけられたことなど一度もない。すると、克が一葉から目をそらした。

「俺が近づかせないようにしてたってのは……あるかもな。うん」

ぼそりとつぶやく。

「私に、男性社員を近づかせなかったんですか……？」

「まぁな。悪かったか？」

「別に構いませんけど……会社に好きな人もいませんでしたし。でも近づかせないって、どうして？」

克が再びこちらを向いた。その表情は真剣そのものだ。

「二年目に入ったころには、俺はお前に相当入れこんでいたと思う。一葉が俺にどれだけ注意を受けても食いついてきて、あきらめなかったから、根性があっていい女だと思ったんだ。これは伸びる人間だと。逆に何度言ってもダメなやつには、俺は声をかけなくなる」

「そのおかげで私、仕事が早くなったって先輩たちに言われました」

「そうか。俺が狙った通りだな」

竹本たちが居酒屋で言ったことは当たっていた。

克は一葉の先のことまで見据えて、仕事をさせてきたのだ。本当の大人の対応をしてくれたことに一葉の胸が熱くなる。

「一葉は婚約のことをまったく知らない様子だったから、藤村家に祖父の遺言の話をしに行くか迷っていたんだ。だが、悩んでいるうちに……」

「私のおばあちゃんが亡くなったんですね」

「ああ。なぜ早く伝えに行かなかったのかと後悔した」

克の手のひらが一葉の髪をそっとなでた。優しい感触に一葉の心が震える。

「お前は宮瀬家でも頑張ってくれた。一緒にすごすうちに、ますます、お前の困った顔も笑顔も、全部自分だけのものにしたいと思った。とても……惹かれたんだ」

「克さん……」

「だが、自分の気持ちばかりで一葉を思いやれずにいた。本当にすまない」

克が一葉に覆いかぶさった。一葉の心臓が一気に騒がしくなる。

ネクタイをゆるめたワイシャツの襟もとから、克の肌が見えていた。彼の顔が近づいてくる。キス……するのだろうか。その前に確かめたい。

「あの、前に私に言ってくれたことって、本当に本当なんですか」

「前に言ったこと？」

「私にキス、してそのあとに、えっと」

「ああ、本当だ」

克が目を細めて愛おしそうに一葉を見つめた。

「一葉……好きだよ」

「ん……っ！」

突然ぎゅっと抱きしめられる。

「大好きなんだ、お前が。俺の気持ちはまだ、お前にちゃんと伝わっていないのか？」

「信じられなくて……」

「じゃあわからせてやる」

抱きしめていた手をほどいた克は、一葉の両手首を掴んでベッドに組み敷いた。

「きゃっ」

「優しくするよ。俺も、一葉がいいんだ」

彼の瞳が熱で揺らぐ。

「……克、さん」

一葉の心臓がこれ以上ないほど高鳴っていた。あまりに大きな音だから、彼に聞こえてしまうかもしれない。

「キスさせてくれ」

「え……」

「申告しないとダメなんだろ？」

「も、もう、ダメじゃないです」

「可愛いな。こっち向いて、一葉」

そっと唇が重なった。

ついばむようにして、何度もちゅっと唇を合わせてくる。普段の克からは想像のつかないような優しく甘いキスだ。そして次の瞬間――

「ん……っ」

強く唇を押しつけられた。以前、激しくキスをされたときを思い出し、一葉の体がかっとほてる。

一葉は自然と唇を開けていた。克の舌を受け入れて、自分もそっと舌を合わせてみる。生ぬるく柔らかい舌が絡み合い、息があがっていく。体中がもう、熱くてたまらない。

「は……ぁ」

克の舌から解放された一葉が甘く吐息をもらすと、耳にキスを落とされた。一葉の耳たぶや耳の中を、克の唇と舌が丁寧に這う。そのたびに、くすぐったいものとは違う感覚に翻弄された。

「ん……っ」

「一葉、一葉」

耳もとでささやいた克は、その手を一葉の太ももへ滑らせ、ワンピースの裾をゆっくりとまくりあげる。

「んっ」

一葉はとっさに太ももを閉じてしまった。急に現実が迫り、頭の中をいろいろなことが駆け巡ったのだ。たとえば、まだシャワーを浴びていないとか。

「あ、あのっ！」

「……なんだ？」

克が手の動きを止める。

そう、初めての一葉にとって、それは重大なことだった。

「勢いでここまできちゃって、えっと、そのときはその、どうにでもなれって思ったんですけど」

「けどなんだ」

目の前の克が怪訝な顔をする。

「やっぱりお風呂は入っておきたいな、なんて」

「あのな……」

「ダメ、ですか？」

「ダメじゃないが……」

克は一葉の肩先でうなだれた。ふう、と息を吐いている。ため息にしては長い。

「体を綺麗にしてから克さんに見せたいなって、思ったんです」

一葉が言うと、顔をあげた克が困ったように笑った。初めて見るその表情に、一葉の胸がきゅうっと痛くなる。

「初めてだもんな、仕方がない。だが、もう少しだけキスの続きをさせてくれ」

「あ……」

顎をあげさせられ、再び唇が重なる。口中に差しこまれた克の舌は一葉の舌や頬の裏、歯肉までもすみずみまで丁寧に舐め回した。

「んっ、ん……」

甘いキスと抱擁に、このまま進んでしまってもよいような気持ちにさせられる。

「ん、はぁ、あ……」

瞼をあげると、克がじっとこちらを見ていた。少々苛立ちの垣間見える表情をしている。

「俺も男だからな。ここでやめるのは結構……酷なんだぞ？」

「ご、ごめんなさい。自分から誘っておいて、こんな」

「いや、いいよ。先に入ってこい。出たら、この部屋で待っててくれ」

克は一葉の体をそっと起こし、乱れた髪を直してくれる。

「じゃあお先に……すみません」

「一葉」

ベッドから下りようとした腕を掴まれた。

「逃げるなよ？　今夜は絶対にお前を抱く」

真剣な瞳が一葉を映し出していた。熱い視線と克の言葉を受けて、一葉の体の熱量があがる。

「は……はい」

返事をした一葉はコートとバッグを持ち、小走りで自分の部屋に行き、チェストの抽斗を開けた。

「パジャマでいいんだよね？　あとは下着……って、普通のしかないよ、どうしよう」

お尻をしっかり包みこんでくれる大きなショーツや、寄せてあげる地味なブラを見つめて焦る。

「勝負下着なんて私には縁のないものだと思ってたから、そんなのない……。あ、でも新しいのならある。これ可愛いし、いいよね」

こちらも寄せてあげるタイプだが、自分にしては珍しく、可愛らしい水色だ。ショーツもおそろいで、小さなネイビーのリボンがついている。

階下の志緒子と須磨子は眠っているという。ふたりを起こさないよう一葉はそっと階段を下り、浴室へ急いだ。


「コラ、一葉」

「はいっ！　すみませんっ！」

デスクで居眠りをしている場合じゃない！　一葉はその場で飛び起きた。

「ん……？」

どうも様子がおかしい。デスクなどない。代わりにあるのは、肌触りのいい真っ白いシーツと布団だ。

「あ……あれ？　会社じゃない？　あ……部長？」

こちらを覗きこむ彼の顔にぎょっとする。彼はスーツを着ていない。パジャマだ。自分もパジャマを着ている。

「部長ってなんだよ。もう名前で呼ぶことを忘れたのか？」

ようやくここが克の部屋であり、これから彼に抱かれようとしていたことを思い出した。

「すみません……！」

「眠かったのか？」

「このベッドが気持ちよくてつい、うとうとしちゃって」

あれから一葉は風呂をあがって、克の部屋に戻った。彼は入れ替わりで風呂へ行ってしまった。

一葉は体が温まったのと、この部屋が暖房で暖まっていたせいか、眠りに入ってしまったのだ。

「疲れているんだったらやめるか」

「いえっ！　全然疲れていません！」

この状況でいまさらやめられても困る。

「というかお前、夢の中でも俺に叱られてるんだな」

「う……はい、そうです」

情けない話だが、克に叱られた夢は一度や二度ではない。克が呆れたように言った。

「いいか、一葉。ここは夢のなかじゃない。会社でもない、俺の部屋だ。現実をようく教えてやるからな……目を覚ませよ？」

「克さ、んっんうっ！」

いきなり強く唇をふさがれた。先ほどの優しいキスとは違う、深く激しいものだ。一葉の舌は克の舌に捕らえられ、絡まり、彼の唇に吸いつかれた。

「んっ！　んんーっ！」

口中を蹂躙（じゅうりん）されている間に、一葉の胸はパジャマ越しに大きな手のひらに包まれた。優しく揉まれながら、なおも続くキスに頭がぼうっとしてくる。

「んふっ、あっ、克さん……っ」

ようやく離してもらえた唇から、甘く漏れ出たのは彼の名だ。

克の唇が一葉の耳へ、そして首筋にたどり着いた。柔らかな唇を押しつけられるたびに、体が敏感に反応する。またたく間に肌が粟立ち、びくびくと震えた。

「これ、つけっぱなしだったのか」

一葉の首もとで光る、贈られたばかりのネックレスを克がそっと触った。

「お風呂に入るときに外して、またつけてきました。嬉しくて」

「俺も嬉しいよ」

ネックレスをつけている肌の周りを何度もキスしている。そして、克の手が伸びた。

肌触りのよいフランネルのパジャマのボタンが、すべて外される。前がすべてはだけ、ブラが丸見えだ。

「すべすべだな」

「んっ……」

指の腹でなでられる。克の熱い息が肌に触れ、そこにも唇を押しつけられた。少しずつ移動しながら、何度もキスを落とされ、おへその中まで舐められてしまう。

「ダメ、恥ずかしい」

洗っているものの、そんな場所に舌を入れられては敵わない。

「じゃあこっち、見せて」

克は一葉のブラに手をかけた。どう返事をしていいかわからず、ぎゅっと唇を引き結ぶ。

「少しだけ背中をあげて。そう……」

指示された通りにすると、ベッドと背中の間に手を入れた克が、素早くブラのホックを外した。

「あ」

どうしようと思う間もなく、ブラの前面を押しあげられる。ふるりと揺れた両胸が露わになり、空気にさらされた。

「や、そんな急に……」

手で隠そうとしたが、その両手を克に掴まれ、阻止された。

「綺麗だ、一葉。可愛いよ」

克がじっくりと舐めるように一葉の裸を見ている。ふたつの先端がじわじわと尖っていくのがわかった。

「恥ずかしい……！」

彼の視線だけで感じてしまう自分。その羞恥に耐えられず、一葉は顔を横に向ける。

「ん、あっ？」

すぐに、先端の片方から甘い感触が伝わって、思わずのけぞった。

そちらを見ると、克が一葉の胸に顔を埋めている。唇からちろちろと出ているのは彼の赤い舌だ。

その舌先で一葉の先端を舐めていた。

恥ずかしさに一葉の顔が燃えあがる。

「や、ん、……んっ」

避けようとしても両手を掴まれているので抵抗できない。乳首はすっかり克の口に含まれてしまい、舐められたり吸われたり、彼のいいようにされている。

「声は我慢しなくていい。二階には俺たちしかいない」

「でも……あっ」

一葉の手を離した克は、両手で一葉の胸を優しく揉んだ。揉みながら器用に指先を使って、尖りの硬さを弄(もてあそ)んでいる。その刺激が伝わる一葉の下腹が何かを欲するように、甘く悶(もだ)えた。

「んぁっ……それ、あっ」

「これがいいのか?」

「なんか、変に……でも、声は……ダメ……」

体をくねらせて逃げようとしても、胸を揉み続ける克の大きな手はどこまでもついてくる。

「廊下に面しているのはとなりの書斎だ。この寝室の下は台所とダイニング。母さんたちはとっくに寝てるし、新次郎も休んでいる」

「響いちゃわない、ですか」

「そうだな。悲鳴をあげさせるほど、俺が激しくしなければ大丈夫だろう」

「……ひ、悲鳴って、んっ」

「痛さじゃなくて、快感の悲鳴、な」

口のはじをあげて笑う克の瞳に、黒いものがちらりと見えた気がした。

「あ……っ」

「それは、そのうちに。今日はそこまでしない。無理はさせないよ」

一瞬肩を縮ませた一葉に穏やかな声で克が言った。おびえさせないように気遣ってくれているのだろうが、「今日は」の言葉が胸に留まる。

再び、ちゅうっと赤く尖った場所を吸われた。

「あ、んぁ……っ」

「そう、それくらいの声なら絶対に大丈夫だから」

克の息が肌にかかる。すでに何がなんだかわからないほど、体中が熱く、頭がぼうっとしていた。

「いいのか？　一葉」

「そんなのわかんな、い……っ、んんっ」

恥ずかしい質問をされて首を横に振ったものの、本当はさっきから感じてしょうがない。

そんな気持ちを汲み取ったかのように、克がパジャマのズボンに手を入れてきた。

「あっ」

その手はショーツの中へ移動する。またも脚を閉じようとするが、間に合わなかった。長い指が狭間をなでると、一葉の意識がそこへ集中する。

「気持ちがいい証拠に、びしょびしょだぞ？」

「あ……やぁ、だめぇ……」

「ダメって感じじゃないな、ここは」

甘くささやかれ、よけいにむずむずとうずいてしまう。

克の指は浅くゆっくり、そこを出入りした。一葉の蜜をたっぷりと指に絡ませ、少し上の一番敏感なところをなでる。

「んっ！」

びりりと快感が走り、腰が勝手に浮いた。

克は一葉の耳を舐めながら指を動かし続ける。動きに緩急をつけて一葉のナカをこすりあげつつ、包まれている芽に刺激を送るという行為を繰り返した。

「あ……あぁ……あっ」

いままでよりもずっと甘い声が出てしまう。

彼の指の動きに合わせて腰を動かすと、ふいにショーツごとパジャマを下ろされた。

「きゃっ！」

驚いている間に全部脱がされてしまう。すうすうした下半身に、克が自分の脚をぴったりとつけてきた。彼のパジャマ越しの体温が仄かに伝わる。

「音がよく聞こえるな」

「恥ずかしい……！」

克の指に掻き回されている蜜の入り口が、ぐちゅぐちゅと大きな音を立てていた。言われて気づいたとたん、下腹の奥から何かが駆け上ってくる。

「私、ダメッ……きちゃう……！」

達するところを見られてしまう。一葉は克を押しのけようとしたが、力で敵うわけがない。

「いいよ、一葉。俺が見ててやるから、いけ」

「そんなのイヤ……んあっ、あっ！」

一葉の心とは裏腹に、体は克の言葉に従った。弄られているところに大きな快感が波のように押し寄せる。キラキラした明かりが、目の前いっぱいに広がった。

「あ、ああーっ」

悦楽に体を貫かれた一葉は、がくんと腰を震わせて彼の腕にしがみつく。克の指は脈打つ一葉のナカを指で押し続けていた。

「あ……克、さんっ」

イッたばかりなのに、まだ克の長い指を締めつけてしまう。快感の余韻が一葉を離してくれない。しばらくそうしていると、また軽く達してしまった。

そっと指を抜いた克が、優しく一葉を抱きしめる。

「気持ちよかったか……？」

問われた一葉は、今度は素直にうなずいた。

「み、見ないで、恥ずかしい」

「もっと見せろよ、可愛い顔」

「……いじわる」

口を引き結んで羞恥に耐える。

「そろそろ俺も限界だ。もう……いいか？」

「はい……あ、あの、電気を」

「ベッドサイドのだけにしよう」

「……お願いします」

ベッドを下りた克は、サイドテーブルのランプをつけ、天井の明かりを落とした。部屋はたちまち薄暗くなり、ぼんやり灯るオレンジ色だけがふたりを照らす。一葉はその暗さに少しホッとした。

「俺はもっと奥まで、つながってるところもはっきり見たいんだが」

「なっ、ダメです！」

一葉がそう叫んだところで、衣擦れが聞こえた。克が服を脱いでいるのだろう。

「そのうち、明るいところでしっかり見せろよ？」

「も、もう……。克さんって」

「なんだ？」

「意外と、そういうこと言うんですね」

「男はみんなそうなんだよ」

クスッと笑う克の声とともに袋を破く音がした。ベッドサイドランプのそばに避妊具を置いていたらしい。一葉は掛け布団に潜って、そのときを待つ。布団の中はあっという間に熱がこもった。

「そんなに頭までかぶって、寒いのか？」

「い、いえ……」

「俺も入るぞ」

ふわりと掛け布団をはがされ、彼の体温が入ってきた。

「ほら、もう準備したから」

丸まっていた一葉の腰に後ろから硬いモノが押しつけられる。もしかしてこれが克の……、と想像してさらに体温があがった。

「あ……こんなになってるんです、か？」

「一葉の綺麗な体に興奮しまくっているからな」

体を起こした克は一葉に覆いかぶさり、優しく微笑んだ。

「ん……」

一葉の唇を何度も舐め、重ねる。優しく丁寧なキスに一葉のそこはすっかり溶けていた。

「もう我慢できない。挿(い)れるぞ」

「は……はい」

克の手で脚をひらかされる。わかっていても、どうしても体がこわばった。

「そう緊張するな。大丈夫だから力を抜いて」

「でも……んっ、あ……」

濡れているそこへ克のモノがあてがわれる。入り口を何度かぬるりとこすられると、下腹がうずいて、脚の緊張が少しほどけた。

「あ、あ」

ゆっくりと彼が挿入(はい)ってくる。一葉のそこが目いっぱい広げられた。克が熱い吐息をこぼした。

「一葉……あ、あぁ」

身長差があるせいか、克は一葉の頭を抱えこむように体を丸めて腰を下ろしてくる。そうして克のモノを受け入れていた途中、急に引き裂かれるような痛みに襲われた。

「い、痛っ！　克さ、ん、痛い……！」

「痛むか。少しずつにしよう」

克は一度自身をゆっくりと引き抜いた。その際も、一葉はひきつる痛みで涙が出そうになる。

「一葉、好きだ……」

「私も……好き……ん」

また、唇が重なる。一葉の緊張をほぐすように、じっくりと口中を舐め回された。同時に克の指が一葉の濡れる狭間に再び入りこむ。ゆっくり出入りする指は、くちくちというやらしい蜜の音をふりまいた。こんなにも克を欲しがっているのだと濡れるそこが主張している。

「克さん、もう……大丈夫、です」

「いいのか？」

「はい……次は痛くても、我慢できそうだから」

「そうなったら俺は、止められないぞ……？」

色の欲がちらつく克の瞳に縛られる。この人ならいいと決めたのだ。だから次はもう、彼を全部受け入れたい。自分のナカで彼を感じたい。

「克さんが好きだから平気です」

「一葉……！」

克は一葉の脚を大きくひらかせ、熱く滾る自身を埋めこんできた。先ほどよりも進みが速く、彼の興奮している様子が伝わってくる。

「いた……んっ、んーっ」

裂けてしまいそうな痛みに必死に耐えた。克の硬く、大きなモノが一葉のナカをいっぱいにしていく。火傷するのではないかと思うほどに熱くて、痛い。

「一葉……一葉……」

うわごとのように名を呼びながら、克が腰を下ろしてくる。彼は気持ちがいいのだろうか？　強く閉じていた目を開ける。

「一葉がよすぎて……我慢しないと……すぐに」

一葉に覆いかぶさっている克は、眉根を寄せて快楽の波に押し流されないよう、こらえていた。額に汗がじっとり浮かんでいる。

その表情を見た一葉の体から少し力が抜けた。痛みはまだあるものの、ナカに挿入っている克のモノに慣れてきたのかもしれない。何より彼が感じてくれているのが嬉しかったのだ。

「全部、挿入ったから、な」

安心しろ、と克がつぶやいた。快感にうめくその表情は、なんて色っぽいのだろう。

「嬉しい……私」

「俺もだよ」

克の視線とすぐそばで絡み合う。同時に、一葉の瞳から涙がぽろりとこぼれた。

初めての痛みと、それを大好きな人にささげた喜び、つながった達成感――いろいろなものが胸にこみあげてしまったのだ。

微笑んだ克に唇を奪われる。

一葉も克の体に手を回し、激しいキスにせいいっぱい応えた。唇も、つながるそこも、互いの雫が交わり、滴り落ちている。舌をむさぼり合っていると、いつの間にか克が腰を動かしていた。

「んっ、んっ……！」

体を揺さぶられるたびにふさがれている唇から、声が漏れ出る。キスをしているせいだろうか、痛みはどんどん薄らいでいった。

「大丈夫か……？」

唇を離した克が、優しい声でたずねる。労わるようなその声が一葉の心を昂ぶらせた。

「……き」

「一葉？」

「好き……好きなの」

大丈夫だと応える前に、気持ちがあふれてしまった。心のままに伝えると、克もまた切なげな表情を浮かべて口にする。

「俺も好きだ、一葉……っ！」

「ああっ、あ……っ」

肌と肌がぶつかる音が響いた。さっきよりも速く、克が腰を打ちつけてくる。その衝撃が頭の芯まで響くように感じ、一葉は必死で彼の硬くたくましい腕にしがみついた。

「克さん、克、さんっ」

「いいよ、一葉のナカ……最高だよ」

「本当、に？」

「ああ……本当だ」

克が熱く吐息を漏らす。一葉は幸せな気持ちに満たされた。

「私も、もう……痛くないです」

「それなら、もう少し」

「え？」

と思った瞬間、片脚を持ちあげられ、克のモノを深く突き入れられた。

「あんっ！」

太い杭が奥まで届き、味わったことのない感覚に翻弄（ほんろう）される。痛みの去った入り口と奥が、快感を覚え始めたのだ。

「いいか、一葉……っ！」

「んっ、いい、です、んあっ」

一葉はずんずんと突かれながら、何かを求めるように手を伸ばした。すると、その手を掴んだ克が一葉の指を口に含む。じわりと指先が生ぬるく湿った。

「何を……あっ」

克は腰を動かしつつ一葉の指を舐めては吸っている。おいしそうに一本ずつ、丁寧に……

その様子がとてもいやらしくて、一葉は下腹の奥に熱いものを感じた。その熱いかたまりが、じんじんと下腹いっぱいに広がっていく。

「そんな、ダメ……んっ」

恥ずかしがる一葉の口に、克は自分の指を入れた。

「一葉も舐めて吸ってごらん」

ためらいながらも指示通りに克の綺麗な長い指を吸う。舌をまとわりつかせ、ちゅうちゅうと音を立てた。

「そう、上手だ、一葉」

克が満足げな笑みを浮かべた。

「いやらしいな。俺のを吸ってるみたいに見える」

「ん……っ、そ、そんな、んふっ」

克のモノを吸っているように……などと想像するだけで、羞恥(しゅうち)が一葉を襲う。

「あ、う」

一葉の口から克の指がゆっくりと引き抜かれた。仄(ほの)かな明かりに照らされた克の指は、一葉の唾液でぬらぬらと光っている。

「上手にできた、ご褒美だ」

克は一葉の唾液で濡れる自分の指をぺろりと舐め、一葉の下腹へ移動させた。

「ひうっ！」

一瞬でどこかへ飛びそうになるほどの快感が、指を押しあてられたところから体中へ駆け巡る。

「いいのか、ここが」

「何、ああっ！」

つながっている場所の、少し上。一葉の最も敏感な突起を、克が指で強く押しあげている。電流が走ったかのように、びくびくと腰が跳ねあがった。

「変になっちゃう……うう……っ！」

「もっとなれよ、一葉」

「んあっ、ああっ！」

いじられながら彼のモノを出し入れされて、一葉はなかばパニックに陥（おちい）っていた。ふたりの卑猥（ひわい）な水音と、肌がぶつかる音、自分の喘（あえ）ぎ声で部屋が満たされていく。

ベッドサイドの明かりが天井に吊るされたシャンデリアに反射していた。それを綺麗だと思う余裕も与えられず、ただ揺さぶられ、快楽に涙する瞳にゆらゆら映すだけだ。

「また、わた、し……」

剥（む）き出しにされた腫（は）れあがっているだろう芽を弄（いじ）られ、克の大きく硬いモノに突かれて、一葉は瞬く間に強い悦楽に引きこまれていく。もう、我慢、できない……

「んっ、んんーっ」

克の腰に両手でしがみつき、自分の腰を押しつけて快感をむさぼった。ナカがぎゅうぎゅうと克のモノを締めあげているのがわかる。

「くっ、締めすぎだ……一葉っ」

なおも快感を求めようとする一葉のそこに、克は立て続けに自分のモノを穿(うが)つ。

「もう、いま……イッちゃった、からぁ……もう、やぁ」

初めてでこんなにも乱れて感じるなど、自分で自分が信じられない。

「俺も、もう……イキそう、だ」

熱い吐息をこぼす克の額(ひたい)から汗が落ち、一葉の肌を滑っていく。一葉の肌も熱く、汗ばんでいる。どこもかしこもふたりの雫(しずく)が交ざり合い、体中に染みこんでいくようだ。

一葉はそれを幸せに感じていた。体も心も、お互いがどちらのものかわからないくらいに溶けあい、ひとつになれたことを。

「一葉、好きだ」

「私も克さん、好き……っ」

「ああ、一葉……出る……っ」

克は自身をさらに強く打ちつけ、低くうめきながら腰を震わせる。彼の欲望が解き放たれたのを、一葉は避妊具越しに感じ取った。

荒い息をはく克が一葉に体を預けてくる。快感の波にさらわれそうだった一葉は、力なく腕を広げ、彼をそっと抱きしめた。克もそれに応え、一葉を大きな手で抱きしめる。息をさせないくらいの、強い力で――

「……ん」

いつの間にか眠っていた。体はまだ、気だるさをはらんでいる。

白い壁にベッドサイドのランプシェードの影が映っていた。

「起きたか？」

愛しい人の声がするほうを見ると、克が一葉の顔を心配げに覗きこんでいた。

「克さん……私……」

「また具合が悪くなったのかと心配したが、よかった」

ホッとした様子で克が微笑む。

彼と体をつなぎ、何度目かの快楽の境地に達したことはおぼろげに覚えている。だが、そのあとの記憶がない。

「私、もしかして気持ちよすぎて寝ちゃったんですか……!?」

そうとしか考えられなかった。一葉は処女で、当然初めての経験だったのだが……みんな、初めからあんなふうに乱れてしまうものなのだろうか。

「いや、疲れてたんだろう」

「……恥ずかしい。ごめんなさい」

布団の中に潜りこんで隠れたくなる。

「なんで謝るんだよ。最高じゃないか、俺でそんなに感じてくれるだなんて」

「はしたないって思いませんでした？」

「思うわけないだろ」

クスッと笑った克が一葉を抱き寄せた。

「もっとこっちにこい」

「……はい」

体を移動させて彼の体にくっつく。克の腕にすっぽりと包まれた。一葉に触れる克の肌が温かい。彼の肌の匂いが一葉をホッとさせてくれる。

「まだ痛むか？」

「少しだけ」

克のモノでいっぱいにされた脚の間は、その最中に快感を覚えた。だが、熱が覚めると、ひりひりと痛みを感じている。

「ありがとう、一葉」

「え？」

「何もかも、俺に初めてをくれて」

穏やかな声だった。克はいたわるように右手で一葉の髪をなで、左手で背中をさすっている。

「後悔していないか？」

「するわけありません……！　自分から望んだことなんですから」

顔をあげて克を見る。彼もまた一葉の顔を見つめていた。

克が好きで、彼ならいいと、この腕に飛びこんだのだ。後悔することなどひとつもない。そう言い切れる自信があった。

「そうか。俺は幸せ者だな」

克がふと頬をゆるめると、一葉も笑った。

「私も、幸せです」

「……そうか。嬉しいよ」

克は一葉の髪をなで続ける。そうして、いつの間にか寝息が聞こえた。

克は眠ってしまったようだ。ここのところ特に忙しそうだったから、彼こそ疲れているのだろう。

「おやすみなさい……」

一葉は伸びをして克の頬にキスをする。再び彼の腕の中に収まると、すぐそばに聞こえる心臓の音を子守歌にして、心地よい眠りに引きずりこまれた。


着物姿に白いエプロンをした自分が、洗面所の鏡に映っている。

「だらしのない顔してるなぁ……」

自分を戒めるつもりで言ったのに、締まりのない表情は直らない。

一葉を好きだと言う甘い声、抱きしめてくれる大きな手のひら、口の中でねっとりと動く舌、熱い吐息とたくましい体、快感に喘ぐくぐもった低い声……

「優しかった、な」

さっきから昨夜の克を思い出しては、ニヤニヤするのが止まらないのだ。

「なーんて、あーもう、洗濯、洗濯っ!!」

両頬をぱんぱんと手のひらで叩いた。ゆるみっぱなしの顔に気合を入れて、洗濯ものを洗濯機へ入れる。

今朝、克はぐっすりと寝ていたので、起こさないようにそっとベッドを抜け出した。となりの書斎で下着とパジャマを身に着け、自分の部屋に戻った一葉は、通常通り花嫁修業の格好に着替えている。何度も練習して、最近は自分で着物を着られるようになったのだ。

朝ごはんはトーストと目玉焼き、レタスをちぎったサラダにツナをのせ、温めるだけのポタージュスープ。簡単なものだが志緒子と須磨子、新次郎は大喜びしてくれた。

少しでも彼らの役に立ったのかと思うと、やる気もひとしおだ。克のこととは別にしても、やはりここに残ってよかった。

洗濯機の電源を入れた一葉は大きく伸びをした。

「んー……と、い、たた……ぁ」

克のモノが出入りしたそこは、もうそれほど痛みはない。だが、入れ替わるようにして腰や背中が痛む。普段使わない箇所の筋肉を動かしたからか。

「さて、と。次は……二階の掃除かな」

掃除道具を持って、洗濯機のある洗面所から廊下へ出た。薄暗い廊下にはすっかり慣れ、すたすたと進んでいく。近くに須磨子の部屋もあるので、まったく怖さを感じなくなっていた。

そして玄関ホールに出ると、ドアががちゃりと開いた。

「ただいまー」

「あ、おかえりなさい、修さん」

　朝帰りの修だ。

　ゆうべはあんなことになったから、本当に修がいなくてよかったなどと思い、ひとり顔を熱くする。

　そんな一葉を玄関をあがった修がじっと見た。

「えっと、なんですか？」

「あんたさぁ、いつまでいんの？」

　いきなりこれだ。宮瀬家の住人は初めから一葉を快く受け入れてくれたのだが、この男だけが
一葉をいつまでもうさんくさそうに見る。

「あんたじゃなくて一葉です」

　つんとした口調で答えると、修がぷっと噴き出した。

「失礼しました。一葉さん、頑張るねぇ。っていうか、しつこいよね」

「しつこいのは修さんです。私は財産目当てじゃありません。須磨子さんがよくなるまではいます。

代行サービスの方に週何回か入ってもらいますが、その他は私がやりますので」

「へえ」

「そんなに……私が邪魔ですか」

「うん」

悪びれもせず、修がうなずいた。どこまでも感じの悪い男である。
二、三歳しか変わらないとはいえ、彼のほうが歳下だ。家の手伝いをしようともしない男に、どうしてここまで言われなくてはならないのか。
一葉は返事もせずに、水の入ったバケツにぞうきんを入れてしぼった。なぜか修はその様子を見ている。知らん顔しているのだが、気になってしまう。

「あの、まだ何か？」

手を止めて修を振り返ると、彼は腕を組んで天井を見あげていた。

「よくつらくないね。初めは何もできなかったんでしょ？」

「やればできるようになるということを学ばせていただきました」

ぞうきんで階段の手すりを拭いていく。毎日やれば多少なりともできるようになるのだ。

「鬱陶しいと思ってたけど、まぁ、いいんじゃない？」

「何がいいんですか？」

「だから……うーん」

言いながら修が頭をかく。はっきりしない物言いの彼を放置して、手すりを拭きながら階段をあがった。すると、修が観念したように口をひらく。

「みんなのこととか、ありがとう……ってこと」

「え？」

「じゃあね。俺は部屋で寝るんで」

ひらりと手を振った修は、階段をあがってきた。一葉を追い抜いていくその背中に向かって声をかける。

「あの！」

「……何？」

面倒そうに修が顔だけこちらを向く。

修が一葉にありがとうと言ったのだ。いままであんなに邪険にしていたのに、どういう風の吹き回しか心境の変化なのかはわからないが、礼には応えるべきだろう。

「ど、どういたしまして」

「は？」

「いま、ありがとうって言ってくれたから」

「……掃除、よろしく」

修がクスッと笑った。

少しは理解し合えるのかもしれない。そう思って修の後ろ姿を見ていると、階段の上に克が現れた。

一葉の胸が甘く震える。

「修、おかえり」

「ただいまー」

「あんまり遊んでばかりいるなよ？」

「わーかってるって」

修と挨拶を交わした克はこちらへ下りてくる。修の足音が遠のき、バタンとドアを閉める音が聞こえた。部屋に入ったのだろう。

「一葉、ここにいたのか」

「おはようございます」

近くまできた克に挨拶をする。

「おはよう。起こしてくれよな、いなくて驚いただろうが」

彼は寝癖のついた髪をかきあげ、不機嫌そうに一葉を見た。

「ごめんなさい。よく寝てたから」

「最近忙しかったからな。というか、そうか……俺が悪かった」

「え？」

「母さんたちの朝ごはん。用意しておくのを忘れてた」

「全然いいんです。私も適当なのにしちゃいましたし」

「ありがとう。ところでお前、体は……大丈夫か？」

急接近してきた克が、耳元でささやく。質問の意味はゆうべのことだ。

「ちょ、ちょっとだけ。少し腰が痛いんですけど丈夫です」

「そうか……」

「んっ？」

突然、唇に軽いキスを落とされた。

「な、ななっ」

「ははっ、一瞬で真っ赤だな。可愛い」

「しっ、新次郎さんとか、お母さまがそばにいたらどうするんですか……っ」

「俺はそんなへましないよ。それに許嫁なんだからいいだろ、別に。誰がいたって構わないさ」

一葉の手を握りながら、克がふてくされたような表情に変わった。

(そういえば、怖い表情を電車の中で指摘したときもこんな顔をした。もしかしていまもすねているの？ ちょっと可愛いかも)

そう思うと、ますます克のことが愛おしくなる。

「俺も手伝うから早めに切りあげよう。とにかく、早くふたりになりたい」

「……克さんってば」

克は一葉の額にも口づけを落としてから、顔を洗いにいった。その間に、一葉は顔を赤らめながらも、克のベッドのシーツを取り替える。ゆうべの情事で一葉の落とした紅い花びらがシミになっていたからだった。

昼食後、克は台所にこもり、一葉は乾いた洗濯物を取りこんでたたんだ。須磨子の部屋で須磨子や志緒子と話をしていると、そこへ克がやってくる。

「カレーをどっさり作っておいた。温めるのなら新次郎と母さんで、できるよな？」

「あら、ありがとう。お出かけするの？」

「一葉と出かけてくる」

克の言葉に一葉は驚く。

(ふたりになりたいって言ってたから、克さんの部屋だと思ってたけど、外に行くんだ)

「いいわねぇ、寒いから気をつけていってらっしゃいな」

志緒子が嬉しそうに一葉を見た。

「は、はい」

「それにしても久しぶりのカレーね。嬉しいわ」

「坊ちゃん、ありがとうございます」

須磨子が丁寧に頭を下げる。

「ああ」

昼食も彼がさっと作ってくれたのだ。本当になんでもできる人だなと感心する。

「克さん、ありがとうございました。そういえばカレーっていう手があったんですよね」

一度にたくさん作っておけば、二食分にはなるだろう。

「お前、作れるのか？」

疑念の声を向けられて考えを巡らせてみる。

「……小学校のときに、ちょっと」

そこまでさかのぼらないと記憶にない。

「家庭科の授業か？」

「いえ、高学年の移動教室で。はい」

「まぁ、ほほほ」

「あらまぁ、一葉さまは」

志緒子と須磨子が楽しそうに笑う。克はため息をつき、赤面する一葉の頭をぽんとなでた。

障子を開けた窓から、柔らかな午後の陽だまりが入っていた。こういうの、なんだかいいな、と一葉は思う。本当の家族ではないのに心がホッとして温かい。

そして、一葉と克は支度を終えて玄関に移動する。

「タクシーがまいりました。門の外で待機しております」

「ああ、ありがとう」

新次郎が教えてくれた。

「いってらっしゃいませ。お帰りはいつごろで？」

「そうだな……夜中までには帰ってくるよ。みんなを頼む」

「かしこまりました」

いってきます、と一葉も新次郎に告げ、玄関を出た。

「克さん、どこに行くんですか？」

今日もよく晴れているが風が冷たい。須磨子の部屋の暖かさとは真逆の冬らしい陽気の中、門までの小道を並んで歩く。ゆうべ、ここで涙したことが嘘みたいに、いまは幸せな気持ちでいっぱいだ。

「部屋ですごそうと思うんだ」

「お部屋って、もう出ちゃったじゃないですか」

早足になる一葉に気づいたのだろう、克が歩みをゆるめた。脚の長さが違うというだけではない。彼は会社にいるときも歩幅が大きく、いつも忙しないのだ。

「家じゃないよ」

「え？　じゃあ、どこに？」

たずねる一葉の顔を覗きこむようにして、克が悪戯っぽく、にっと笑う。

「ホテルに予約を入れておいた。すぐにチェックインしよう」

「ホテル……!?」

「何か問題でもあるのか」

「だ、だって、どうして……ホテル？」

「さっきも言っただろ。誰にも邪魔されずに、早くふたりきりになりたいんだよ。それで……」

「それで？」

門の前で克が足を止めた。合わせて一葉も立ち止まる。

「帰るギリギリまで、一葉を抱きたい」

ぎゅっと手を握られた。同時に一葉の心臓もきゅんっと痛くなる。

「か、克、さん……！」

「また真っ赤だな。はははっ」

一葉の顔を振り向いた克が声をあげて笑った。冬枯れの木々が風に揺れて、ざわざわと音を立てている。一葉の騒がしい心のようだ。

「もう、からかわないでください！」

「からかってない。俺は本気だ。……いいな？」

急に真面目な顔になるから戸惑ってしまう。恋愛初心者には刺激が強すぎて困る。

「……はい」

けれど、そんなふうに言われたら、素直に返事をするしかなかった。

タクシーで移動し、二十分ほどでその場所に到着する。

都内にある外資系の高級ホテルだ。少しはオシャレをしてきたが、この格好でよかったのかと一葉がそわそわするほどに美しい場所だった。

克とともに、予約してあるという上階の部屋へ入る。

「わぁ、素敵！」

窓の外には都内の景色が広がっていた。広々としたリビングだ。ベッドルームがとなりにある。

「あまり広い部屋は取れなかったけどな。とりあえずくつろげるだろう」

「え、全然広いですよ！　都内でホテルに泊まるなんて、すごく久しぶりです」

「誰ときたんだ？」

問われて、今年の夏休みを思い起こす。

「えっと、竹本先輩たちと女子限定の宿泊サービスを利用して女子会しました。あとは家族で泊まったくらいです。でもそれはずいぶん前かな。家族で旅行をするときはそこに泊まりますし」

「そうか、安心した」

克が心からホッとしたような顔を見せた。安心した、というのは、一葉に男の影がなかったから、ということか。

「やきもちを妬いてもらうような要素は、私には皆無ですからね？」

自虐するわけではないが本当のことなので、先回りして言ってみる。

「ありとあらゆる可能性を考えて妬くもんなんだよ、男ってのは」

「……本当に？　あっ！」

ぐいと二の腕を引っ張られた。あっという間に彼の腕の中に閉じこめられる。

「彼氏がいなくても、体の関係がなくても、サークル活動だの、研修だの……そういうんでも、お前が男ときていたら嫉妬する」

彼の指で顎を持ちあげられた。どきんどきんと心臓が激しく鳴り始めた。

「飲み会のときも、お前は俺のとなりに絶対座らなかったしな。こっちはいつも、お前が部下の男と楽しそうに話しているのを見てイライラしてたんだぞ……？」

「んっ……」

言いわけする間もなく唇をふさがれる。いきなり深いキスだ。舌を絡ませ、吸い合い、顔の向きを何度も変えて……それでもなかなか離してはくれない。「イライラしていた」という、克の嫉妬心がこめられているように思えた。

「んうっ……んふ、はぁ」

克は一葉の頬や額に数回キスを落とし、そっと抱きしめる。

「早く抱きたいが、我慢する」

克の低い声が一葉の体に浸透していく。一葉を気遣ってくれたのだろうが……いますぐ抱かれても構わないなどと思ってしまった。

「風呂に入るか？」

そのひと言で我に返る。家事をしたあと、まだお風呂に入っていなかった。やはりいますぐ抱かれるのは恥ずかしい。

「あ、じゃあお湯を入れてきます」

「一緒に入ろうか」

「え……ええっ！」

ぽつりと克が言った言葉に思わず悲鳴に近い声をあげてしまう。

「ダメか？」

「ダ、ダメです」

「じゃあこれもそのうちな。昨夜の『そのうち』は、今夜実行しよう」

克の手を離れた一葉は、コートを脱いで脱衣所に向かった。

（昨夜のって、なんだっけ？）

彼に抱かれたことで、その前に何を言われたかなど、忘れている。

湯船にお湯を張り終え、一葉は先に入らせてもらった。

「ふう……気持ちがいい。冬は夕暮れが早いから、もう夜景が見える」

アメニティの入浴剤の香りが体をリラックスさせてくれる。

「贅沢だな……。それでこのあとは……」

鼻の下までお風呂に沈む。昨日その行為を知ったばかりだというのに、想像が止まらない。

(私って本当はすごくいやらしいのかな？　克さんにたくさん抱かれたいって、感じさせてほしいなんて、いまから期待しちゃってる)

「ああもう……私ってばもう……！」

ざばっとお湯からあがり、恥ずかしい自分を打ち消すように髪と体を洗う。

交代で克が風呂に入った。彼が出たあと、ルームサービスを頼む。

ソファにふたり並んで夜景を眺めた。一葉は克の肩にもたれながらカクテルを飲む。もうそれだけで胸がいっぱいで何も入らないのだが、悪酔いするのはイヤなので軽食もつまんだ。

バスローブ姿の克が妙に色っぽく見える。少々酔ったせいもあるのかもしれない。とろんとした目で彼を見つめていると、カクテルグラスを取りあげられた。

「俺にも飲ませろ」

「あ、はい」

「……甘いな」

克が口をへの字に歪ませる。彼は以前、甘いものは苦手だと言っていた。

一葉がクスッと笑うと、克はグラスをコーヒーテーブルに置く。

「酔っ払いすぎても、面白くないからな」

「そんなに酔ってません」

「ああ、だからそれくらいがちょうどいい」

微笑んだ克は、一葉の背中とひざ裏に、それぞれ自分の手を回した。

「きゃっ！」

ぐらりと揺れたのは酒のせいではない。お姫さま抱っこをされたからだ。

「び、びっくりした……！」

「ベッドに行こう」

克は目を丸くする一葉を隣室に連れていく。こちらの部屋もまた、夜景が素晴らしかった。

「下ろすぞ」

「……はい」

大きなベッドに下ろされた。真っ白で清潔なシーツにベージュ色のベッドカバーが目に優しい。

「まだ腰が痛むか？」

「うーん……少しだけ」

「じゃあマッサージしてやろう」

「わ、嬉しいです。いいんですか？」

「ああ。うつ伏せになって、ちょっと待ってろ」

指示通りベッドの上でうつ伏せになる。朝ほど筋肉痛はないが、克の申し出が嬉しかった。

部屋を出た彼が、すぐに戻ってくる。バスタオルと何かを持っているようだ。うつ伏せているのでよく見えない。

「どのへんが痛むんだ？」

克の重さでベッドが軋んだ。一葉の体に体重をかけないようにして、太もものあたりにまたがっている。と同時に、腰にぐっと、彼の指があてられた。

「えっと、あ！　そこです、そこ……」

なんとも言えない痛気持ちよさに、小さな呻き声が漏れ出る。

「くーっ、気持ちいい……」

「年寄りみたいだな」

「あとで私も、交代で、克さんを揉んであげます」

両手の親指を使っているのだろう。ツボな場所を押されるたびに、圧迫されて言葉が途切れる。

「俺は別に……」

「遠慮しないで、くださいね、ねっ」

「……そうだな、頼むか」

急に彼の声が低くなったような気がした。何かを企んでいるような……？

だが、お酒とマッサージが効いてきたのか、考えようとしても眠けに邪魔をされる。全身がぽかぽかして気持ちいい。

「最高です……眠くなってきちゃった」

「背中もマッサージしてやる。下着、脱がすぞ」

「え……？」

一瞬で目が覚める。

「マッサージ用のオイルがあったんだ。それ用のバスタオルも。お前、肌は弱いほうか？」

「いえ、全然。むしろ強いほうです」

「そうか。それなら大丈夫だな」

一葉は起こされ、寝ていた場所に未使用のバスタオルを数枚敷かれた。バスローブを脱ぎ、うつ伏せになる。ブラはしていなかったので上半身丸出しの姿だ。胸が見えないとはいえ、恥ずかしい。

と思っていたら、いきなりショーツを下ろされてしまった。

「あ、やだ！」

あわてて起きようとするが、克に押さえられる。

「オイルがついたらイヤだろ？」

「で、でも」

「腰にタオルをかければいいか？　それでも恥ずかしいなら明かりを落とそう」

「う……じゃあ電気を……」

部屋の明かりは消され、間接照明だけになった。すぐさま一葉の鼻先に甘い花の匂いが届く。オイルの香りだ。

うっとりする間もなく、背中にぬるりとしたものを感じる。克の手だ。

「んっ……、なんか、あっ」

大きな手のひらが、肩甲骨から腰のあたりまでまんべんなくオイルを広げている。別におかしなことをしているわけではないのに、彼の手が往復するたびにびくびくと感じてしまう。

「どうした」

「いえ……ぬるぬるして、あの……」

どう伝えていいのかわからない。克はただ、一葉のためにしているだけなのだから、中断させるのは悪い気がする。

「ぬるぬるって、女はこういうの通うんだろ？　エステとかアロマなんたらとか」

「一回だけ行ったことがありますけど……んっ……してくれるのが、女性だったのでっ、なんか違うって、いうか……あっ」

「脚も疲れてるだろ」

一葉が悶えていることなど構わず、克は手のひらを膝の裏に移動させた。そこから一気に太もも、脚のつけ根まで手のひらを、ぐぐっと這わせる。

「あうっ！」

「痛いか」

「ち、違っ、あ……克さ、ん、ちょっとそれ、は、あっ」

ぐいぐいと太ももの内側をなでられ続けた。オイルがまとわりつき、それが快感へとつながってしまう。

「なんだ、急に声がいやらしくなったな」

「だって、あ……んっ、ダメ」

克の親指が何も穿いていないお尻にあたる。遠慮なしに、前のほうまで指を滑らせてくるのだ。

「太ももがいいらしいな」

「それ、太ももっていうか、内もも……っていうか、そこはダメ……ッ」

お尻を浮かせて体をずらそうとするも、克はやめてくれない。

「そんなに腰を振って、俺のこと煽(あお)ってんのか？」

「ち、違っ」

「わかったよ。じゃあ今度は前にしてやる」

「ええ……っ」

克の手で一葉は仰向けにさせられた。ぼんやりとした明かりの中にオイルの香りが漂(ただよ)うこの空間は、とても妖しく感じる。裸でいるからなおさらだ。

克は手のひらにオイルを足し、一葉の両胸を優しくマッサージし始めた。

「あ……ん、んっ」

手のひら全体で乳首をくるくるとなでている。いちいち体が反応してしまい、つらいほどだ。

「私、変な気持ちに……っ」

「俺はマッサージしているだけだぞ？」

克がいじわるく笑った。初めからこれが克の目的だった気がしてくる。でももう、なんでもいい。

「じらさない、でっ」

一葉は耐えきれずに声をあげていた。

「じらしてなんかいない。どこをマッサージしてほしいのか言わないと、俺だってわからないからな。プロじゃないんだし」

クスッと笑われ、羞恥でどうにかなりそうだ。

「ほら、早く言ってみろ」

「……いじわる」

涙目でこらえていると、克の手が下腹へ滑り下りてきた。

「ここか？　それとも、ここか……？」

もうたっぷり濡れてしまっているだろう狭間を、ぬるりとなで回してくる。下腹のうずきが止まらない。

「んっ、もっと……真ん中……っ」

そう言っているのに、克はわざと周辺ばかりを触る。煽っているのは克のほうだ。そう言いたいのだが思考が定まらない。

「早く、してぇ……触って、お願い……っ！」

懇願する嬌声にようやく克が反応した。

「いい子だ、一葉」

「んあっ！」

克の声を合図に、ひくひくしていた蜜の入り口に、長い指が、ぐっと入る。求めていた刺激を一気に与えられた一葉の体が喜びにわななないた。

「あっ、あ、ああっ！」

興奮していたせいか、あっという間にそれが訪れそうだ。

「あっ、私……イッちゃ……」

一葉の喘ぎに合わせて、克が小さな丸い突起を剥き出しにし、ぬるりとこすりあげた。

「んんっーっ、んっ、んっ！」

背中を反らし、脚をぴんと張って、克の長い指に自分から狭間を押しつける。

奥から昇りつめた快感にひたすら身を投じ……破裂しそうに膨らんでいた期待は望んだ形で満たされた。

よかったのかどうか克に聞かれたような気がするが、おぼろげだ。夢中だったので記憶が飛んでいる。甘い余韻に浸っていると、少しずつ意識がはっきりしてきた。

「体、拭くか。専用のタオルを使おう」

ベッドサイドに置いた真っ白いスポーツタオルを、克が体にあてがってくれる。

「ん……ふわふわ、です」

「肌を痛めるからこすっちゃいけないらしいな。説明書があった」

「そうなんですか……」

克は一葉の体にぽんぽんとタオルをあてていく。余分なオイルを吸い取ると、今度は克がバスローブを脱いだ。

「俺の体も頼む。いいか？」

「わかりまし、た……」

克はもともと下着をつけていなかったようで、思わず顔を伏せてしまう。すでに大きくなっていた克のモノをちらりと見てしまったのだ。

彼は腰にタオルを巻いて寝そべった。

もう一度バスローブを身に着けるのもおかしいような気がして、一葉は裸のまま彼の横に正座をする。薄暗いためか、それほどの羞恥（しゅうち）はない。暖房が効いている部屋は、裸でも心地よかった。

オイルを手のひらに塗りつける。エキゾチックなよい香りだ。

「凝（こ）ってます……？」

克の背中にオイルを塗っていく。広い背中は筋肉で美しくしまっていた。

「ああ、背中と肩が特に」

「お仕事大変ですもんね」

「まぁな。お前に比べたら、歳（とし）だしな」

苦笑する克は気持ちよさそうに目をつむった。

「脚も、揉みますね」

「ああ」

男性の脚をこんなふうに触るのは初めてだ。自分と比べてとても硬い、と思う。

一葉は手を、ふくらはぎから丁寧に膝の裏まで往復させた。自分はこのあたりに疲労がたまりやすいのだ。

「気持ちいいな、これ……」

克の声がリラックスしているように聞こえる。効果があったことが嬉しい。

「よかった」

「だが俺も……なんだか変な気分だ。一葉の手がまとわりついて妙な気持ちになる」

そんなことを言われては、こちらまで変な気分になってしまう。一葉の体に再び熱が灯った。

「えっと……あとはどこでしょう?」

話をそらしたつもりだったのだが、克には逆の意味だったらしい。起きあがった彼は腰に巻いていたタオルをはがした。そして一葉の手を取る。

「あとは、こっち、かな」

「あっ」

もろに見てしまった。克のそこは大きく硬く、上に向かって反り返っている。恥ずかしくて視線を外すが、一葉を求めるゆえにそうなっているのだと思うと嬉しくもあった。

「触(さわ)れるか?」

「……はい」

彼の手に導かれて、触れてみる。想像より太く、熱い。これが昨夜、一葉のナカに挿入っていたのだ。

「すごく、硬い」

「あ……これ、いいな」

一葉の手に自分の手を添えた克は、それを上下に動かした。オイルのついた手でぬるぬるとしごいていくうちに、克の顔が快感に歪んでいく。

「ん……」

克の喘ぐ声を聞くと一葉も下腹がじゅんとした。そこがうずいて仕方がない。早く、これを挿れてほしいなどと思ってしまう。

「あの、間違っていませんか、これで……」

克が何も言わないので少々不安になりつつ、手を動かし続けていた。

「ああ……すごくいい。……だがそろそろヤバいな」

こちらを見た表情が艶っぽく、思わず手を速めてしまう。すると克が一葉の手を止めた。

「一葉……もうダメだ。これ以上されたら出る」

「は、はい……」

克は大きく深呼吸して、その瞬間を耐えている。

出してもいいのにと思ったが、彼がそういうのでやめた。先ほど克がしてくれたように一葉も彼の体にタオルを押しあてる。背中や脚、そして彼のモノにはそっと。

拭き終わった瞬間、ベッドに押し倒された。待ちきれないといったふうに性急だ。

「キスさせてくれ」

律儀にまだ聞いてくる。真面目な性格がそうさせているのかと思うと、少しおかしかった。

「もう申告しなくてもいいですってば」

「……わかった」

一葉が笑うと、克も苦笑した。

緊張が解け、早くつながりたい気持ちが加速する。克もきっとそうなのだということが、噛みつくような深いキスから伝わってくる。

もう、いい。すぐにでもつながりたい。湿った瞳で訴えると、克は何も言わずに準備を始めた。

避妊具を素早く装着して一葉の上に乗る。

「挿れるぞ……？」

「はい……」

ゆっくりとナカへ沈んでくる克のモノを迎え入れる。

「ん……んぁ」

もう痛みはまったくなく、快感のほうが勝っていた。

「今日はすんなり挿入ったな」

「い、言わないで」

にやっと笑う克から目をそらす。待ち構えていたのをさとられたようで恥ずかしい。

「一葉」

「ひゃうっ！」

すべて挿入されたところで体を抱き起こされた。つながる部分はそのままで、克の上に一葉が座る姿勢になる。

「こうすると、深いだろ……？」

「んっ、は、あ」

答えたいのに喘ぎ声しか出ない。圧迫感が息苦しさに拍車をかけた。

「まだこれはつらいか？」

「んっ、ううん……これ……好き、ですっ」

体が密着していて克の顔もよく見え、安心感からよけいに快感が押し寄せてくる。下から突きあげる克のモノが、昨夜よりも一葉の奥を叩くのだ。

「あっあぁっ！」

自分のものとは思えない声を出しながら、克の首に手を回して一葉はのけぞった。

「今日は思い切り、声出して、いいから、な……っ！」

「ひうっ！」

一葉の背中を支えながら、ずんずんと突いてくる。お腹の奥からまた何かが駆け上ってきた。

「もう、私……やぁ……」

「イヤか？」

昨日初めてしたばかりだというのに、こんなにも乱れてしまう自分が恥ずかしくてたまらない。昨日から、自分の中にある貪欲(どんよく)さに際限がないことを知らされ続けていて怖いのだ。

「だって、私ばっかり、あっ、あ……！」

「いいよ、好きなときにイケよ、一葉」

優しく命令されてしまうと、体も心も我慢ができなくなる。

「克さ、んっ、キスして……っ」

克の首に手を回し、ぎゅっとしがみついた。彼は眉根を寄せて一葉に唇を重ねる。

「んふう、んう、んんっ」

食(は)むようなキスを与えられ、一葉もお返しに彼にキスをする。

「あ、好き、大好きっ」

「俺も好きだ、一葉っ！」

「あっ！」

一葉は克の腕に抱えられたまま、ベッドに押し倒された。そうして、克のモノが一葉の淫(みだ)らな蜜を掻(か)きだすように激しく出入りする。

「ああ……一葉、イクぞ」

「私、も……っ」

部屋はふたりの乱れた呼吸と体の熱気でじっとりと湿っていた。オレンジ色の間接照明が炎のように一葉の視界を揺らめかせる。

「一緒に……一葉っ！」

「あ、あぁっ、あーっ」

ぶるりと腰を震わせた克に、一葉は絶頂へ道連れにされた。

どれくらいそうしていたのだろう。気づくと、ぐったりと弛緩（しかん）した一葉の体が、また揺れ始めている。

「ん……？　え……えっ？」

「へばってる場合じゃないからな」

一度引き抜かれていたはずの克のモノが、いつの間にかまた一葉のナカに挿入されていた。気を失いかけていた間に、新しい避妊具をつけかえていたのだろうか……

「あ、ん……克、さん、何を」

「言っただろ？　今夜はギリギリまでお前を抱くって」

ささやいた克が耳を甘噛みする。

「え、あ……ぁ……」

「それに『悲鳴をあげさせ』ないと、な……っ！」

「あうっ！」

ずんと奥まで突き入れられた。

「そのうち」とは、悲鳴をあげさせるまで感じさせることだと、克が言っていたのをようやく思い出す。

再び甘い悦楽へと引っ張りこまれる。

それは永遠かと思われるほどに長く、そしてまだ味わっていたいほどに短い、愛をむさぼり合う快楽の数時間だった。


実家で年越しをした一葉は、ずっと落ち着かない気持ちでいた。

宮瀬家は一葉のいない数日を家事代行サービスに任せるから安心していい、と言われていた。

志緒子も張り切って家のことをしてみると宣言していた。そしてなんと、修も手伝うと言い出したのだ。もちろん克も家にいるのだし、心配はないのだろうが……

「私、そろそろ宮瀬家に戻ろうかな」

「別に構わないけど、花嫁修業はいつまでする気なの？」

お正月二日目の朝。一葉は父母とダイニングテーブルに着いている。

「いつまでって……自分たちが宮瀬家に行けって言ったんでしょ？」

おせちの残りと、柚子のきいたお雑煮の餅をぱくついた。母が作るお雑煮はさっぱりしていておいしく飽きない。いくらでも食べられる。

「だってあなた、最初は十日間で帰るって言ってたじゃない。あちらの家政婦さんが心配なのはわかるけど……。もしかして、結婚する気になったの？」

「ぶっ」

母の鋭い指摘にお雑煮の汁を噴いてしまった。あわてて飛び散ったそれをふきんで拭きとる。

「ああ、だから家に帰りたがらなかったのか」

父母はそろって、にまにまとこちらを見ていた。

「そ、そうじゃなくて、家政婦さんもあちらのお母さまも、本当にいい方だから助けたいっていうか、手伝いたいというか……」

あれだけ結婚を拒否していた手前、なかなか説明しづらい。そもそも、この後どうするのかも決めてはいないのだ。

「へ～」

「ふうん」

お雑煮を食べながら、ふたりは疑いのまなざしをこちらに向けている。

「な、何よ、ふたりして」

「まぁいい。納得するまでやってきなさい」

「うん。そうさせてもらうつもりだよ」

一葉はその日の夜に手荷物をまとめ、翌日には宮瀬家に向かっていた。宮瀬家のみんなが心配なのと、克に会いたい……その気持ちがあふれそうだったからだ。

宮瀬家に戻ってしばらくすると、仕事が始まった。休み明けの会社はまだ正月気分が抜けない雰囲気が漂（ただよ）っている。もとのリズムに戻るまで、あと二、三日はかかりそうだ。

昼食後、メイクを直しに更衣室へ行くと竹本と染谷もそこにいた。

「お疲れさまです」

「ふじちゃん、お疲れさま」

午後の予定をなんとなく話しながら、メイクポーチを取り出す。

「ねえ、宮瀬部長が異動するかもって話、聞いた？」

「えっ！」

竹本の言葉にポーチを落としそうになる。染谷もこちらを向いた。

「ああ、さっき私も聞いたよそれ。ふじちゃん、知らないの？」

「全然……知らないです」

「あくまでも噂ね。上の人たちが話してるのを山中さんが聞いちゃったんだって」

営業の山中が偶然耳にしたらしい。だが、よくよく話を聞くと、上役の会話に「宮瀬」という名が出ていただけで確定ではなかった。

（その話が本当なら、克さんは私に教えてくれるはず。彼はいま忙しそうだから、煩わせるようなまねはしないようにしよう）

一葉はあえて、克にその話題を振らないことに決めた。

そして二月の中旬になるころには、克が異動するという話は一切聞かなくなる。やはり噂は噂だったのだ。

「一葉さま、長いこと本当に申しわけありませんでした」

台所で須磨子が深々と頭を下げた。

彼女はここ数日とても調子がよく、いよいよ今日から復活することになったのだ。

「いいえ。でも急に動き回らないほうがいいんじゃ」

「いいえ、病院で薬を変えてもらったら、それからずいぶんよくなりましてね。もう少し動いたほうがいいとも言われましたんですよ」

「そうですか……！　よかった！」

「週に三日は家事代行サービスの方にきていただいて、私はしばらくその他の週三日だけ働かせていただくことになりました。一日は何もしない日を作りなさいと奥さまに言われまして」

須磨子がはにかんだように笑った。志緒子の気遣いが相当嬉しかったのだろう。

「そうですよ。ゆっくり休まなくちゃ」

「私が休みの日は、奥さまと一緒にお料理を作ることにしました。奥さまもひとりでお料理を作られる時間が増えましたし、嬉しいです。これもみんな一葉さまのおかげです」

またも丁寧に頭を下げられる。

「ええっ！　それは違いますよ、顔をあげてください」

「いいえ、違いません。一葉さまの影響は宮瀬家の津々浦々まで、広がったのでございます」

「はぁ……それはその、なんか照れますね」

一葉が頬に手をやると、須磨子が笑った。

そろそろ自分のお役はごめんなのだろう。須磨子が復帰して、生活が安定したころに帰らなければならないだろうかと一葉は考える。

「とりあえず、今日は何をすればいいですか？」

「年末に大掃除ができなかったもんですから、少しずつやってしまおうと思いましてね」

「わかりました、なんでも言ってくださいい須磨子さん」

「ふふ……頼りになりますね」

元気だったころの須磨子の笑顔だ。

掃除用具一式を持った一葉は、須磨子の指示を受けるためについていく。二階の奥にある修の部屋の廊下を挟んだ正面。一葉が開けたことのないドアの前で須磨子が立ち止まった。

「こちらのお部屋をお願いします」

古めかしい大きな鍵でドアを開けた須磨子に、どうぞと言われて中に入った。分厚いカーテンで閉め切られている。古く、それでいてさわやかな、不思議な香りのする部屋だ。

「そういえばここは、なんのお部屋でしょう？」

「旦那さまのお父さま、克坊ちゃんのおじいさまのお部屋でございます。旦那さまはいずれここをご自分の書斎にしたいらしいのですが……あまり帰られないので、そのままです」

「そうだったんですか」

ここが克の亡くなった祖父の部屋。一葉の祖母の初恋の相手がいた部屋だったのだ。

「一葉さまにこのお部屋のお掃除をお願いしてもよろしいでしょうか」

奥へ進んだ須磨子がカーテンを引いた。日が入り、一気に部屋が明るくなる。

「ええ、もちろんです。でも私が入って大丈夫ですか？」

「大丈夫です。遺品の整理はとっくにされていますし、私どもが触ってもなんら支障のないものしか置いていませんので。たまの換気と軽いお掃除しかしておりませんが、綺麗ですよ」

「わかりました」

「電灯とエアコンの掃除は新次郎さんに頼んでいます。一葉さまは、掃除機と拭き掃除をお願いします」

「はい、任せてください」

では、と須磨子は行ってしまった。

「よいしょっと」

はたきは上から下にかけたほうがいいと須磨子に教わっていたので、天井まで続く壁一面の本棚から始める。次に窓を拭き、椅子の座面を叩いて埃を落とした。

「それにしても、素敵な雰囲気のお部屋だな」

掃除機をかけながら部屋を見回す。

本棚に詰まった古書、どっしりとした飴色の机にはアンティークランプが置いてある。いや、当時はアンティークではなかっただろう。カーテンは葡萄色の分厚いビロードだ。

（ここで克さんのおじいさんは、私のおばあちゃんを思い出していたのだろうか）

掃除機をかけ終え、拭き掃除をしながら思う。デスクの天板を拭いていたとき、ふと、抽斗がついているのに気づいた。

「鍵穴がある。ってことは開かないよね～」

好奇心に負けて、一葉は手をかける。動かないはずのそれが、すんなりとひらいてしまった。

「わ、ひらいちゃった……！　でも須磨子さんは、ここには何もないから大丈夫って言ってたし、平気平気」

そう思っていたが、大きな抽斗の中に一枚の紙が入っていた。文字の綴られた便箋だ。

「これは、手紙？　見ちゃダメよね。……ん？」

抽斗を閉めようとしたのだが、見覚えのある名まえに目が留まり、思わず手にしてしまった。文字を追いながら声に出して読む。

「克へ……相手のことを好きではなくても、藤村さんのお孫さんとは必ず結婚してほしい。どうしてもイヤならば、好きだという演技をして跡継ぎを作るだけでいい。お前は外で本当に好きな女を作れ……」

一瞬意味がわからず、繰り返して読む。最後は克の祖父の名前で締めてあった。

「え……え……？」

跡継ぎを作る、の場所に丸がついている。さらに丸で囲まれたそこから矢印で引っ張られ、最重要事項と赤い文字が記されていた。この文字だけ、筆跡が違う。

「どういう、こと？　これ、克さんのおじいさまが書いたの……？」

動揺で声が震えてしまう。好きだという演技……？　藤村さんの孫とは、自分のこと……？

もう一度しっかり便箋の文字を見る。

「この字、前に見せてもらった、克さんのおじいさまの筆跡に似てる」

一葉は部屋を飛び出し、自分が使っている客室に行く。克から預かった写真は正月に両親に見せたあと、大切に手帳に挟んでいた。克にまだ持っていていいと言われたからだ。写真をそっと取り出して裏返し、書かれた文字を確認する。

「この筆跡、似ているどころか同じにしか見えない。じゃあ、この手紙は……本物？　本当に克さんのおじいさまが書いた……」

震える手で手紙を見ながら、さらにイヤなことに気づいてしまった。

「こっちの『最重要事項』は……克さんの文字にすごく、似てる」

会社でよく見る、克の文字に似ているのだ。ということは克がこれを読み、祖父の思惑を承知し、跡継ぎを作ることを最重要事項だと決めたのだろうか。

ふいに、暮れに会った克の元カノの言葉がよみがえる。

——彼はあの代々続いた家が大切で、そこを守ることしか考えていません。

一葉の中で何かが音を立てて崩れた。

のろのろと歩みを進め、克の祖父の部屋へ戻る。手紙を元の抽斗にしまい、分厚いカーテンを閉め、掃除用具を片づけた。そうして、須磨子が作業をしている場所に行く。

「須磨子さん、おじいさまのお部屋のお掃除は終わりました」

「ありがとうございます。おや？　どうされました？」

「少し具合が悪いので、休んでいいですか？」

須磨子に心配されるほど顔色が悪いのだろう。自分でも血の気が引いているのが、わかる。

「もちろんでございますよ。ゆっくりお休みくださいな」

「ごめんなさい……」

一葉はおぼつかない足取りで、二階へあがった。

今日は土曜で会社は休みだが、克は朝一番に取引先に行っていていない。昼前には帰ってくると言っていた。

「イヤだ……会いたく、ない」

遺言のためにする愛のない結婚などイヤだ。

一葉は最初から克に訴えていた。

彼が本気で一葉を好きになったと言ってくれたから、一葉も彼の気持ちを素直に受け入れることができるようになったのに。すべては茶番だったのか。

何度もイヤだと、ぶつぶつつぶやきながら、一葉は洋服に着替える。ボストンバッグに貴重品を詰めこんで、スマホでタクシーを呼び、門から離れた場所に止まっていてくれと頼んだ。

置手紙をしてこっそり家を出る。須磨子は一葉が部屋にいると思っているだろう。新次郎は志緒子の買い物のために車を出していた。動くならいまのうちだ。

邸から門へ続く道を小走りで進み、カーブを曲がったところで心臓が止まりそうになった。

「一葉?」

克がこちらへ歩いてくる。彼のずっと先、門の向こうの道にタクシーが止まっていた。

「どこへ行くんだ？」

優しく笑いかけられて一葉の目にみるみる涙があふれてきた。近づいてくる克が不審な表情で言った。

「どうした……泣いてるのか？」

彼のことが好きでたまらない。

あの手紙を見ないふりをすることだってできる。あれは本当なのかと追及することだって。でもそんなことをしても無駄なのだ。そこでまた嘘をつかれるのは耐えられない。

「愛が生まれるとか、生まれない以前の問題じゃないですか」

「え？」

涙を拭いて走り出す。門を出た一葉はタクシーの窓を叩き、ひらいたドアから急いで乗りこんだ。追いかけてきた克がすぐさま窓に手のひらをあてる。仕方なく、窓を開けた。

「どいてください。危ないです」

「どういうことだ？　何があった⁉」

「私は……嘘で塗り固められた結婚なんてイヤです。愛がない結婚はイヤだと初めから言っていたじゃないですか……！」

「意味がわからない。なんで急にそんなことを」

「私を本気で好きになる気がないなら、最初からそう言ってください。……克さんのことが信じられません」

「一葉！」

「出してください」

「……かしこまりました」

タクシー運転手の返事のあと、一葉は窓を閉めて前を向く。彼が何かを言っていたが聞きたくなかった。

自宅の前でタクシーを降りると、そこでやっと寒さが身に染みた。あの手紙を見た瞬間から何も感じなくなっていたのだ。

「あら？　おかえり、一葉」

「……ただいま」

玄関を開けると、リビングから出てきた母が迎えた。

「急にどうしたの？　もう花嫁修業のお勤めは終わり？」

「終わりも何も、始まってすらなかった」

「え？」

不思議そうにこちらを見る母の横を通りすぎる。

「どうしたのよ？　お昼ごはんは？」

「いらない……ちょっと部屋にいるね」

自室に入った一葉はバッグを放り投げ、ベッドに飛びこんだ。

「元カノさんが言った通りだった。克さんはやっぱり、家が大事。おじいさまが大事。だから、好きだというフリまでして……遺言を守ろうとしていたの？」

『最重要事項』の文字が目に焼きついて離れない。

「そもそもおかしいじゃない？　あんなに素敵な人が私を好きだなんて、よく考えればわかることだよ。何を浮かれていたんだろう」

初めからずっと、一葉と結婚したいと言っていたのは、このためだったのだ。

「私、私……バカみたい……」

涙がぼろっとこぼれた。帰りのタクシーで涙を止めたはずなのに、またあふれてしまう。

預かった写真を取り出して、若いころの祖母の顔に問いかける。

「おばあちゃん。私どうしたらいいの？　もっと早くに思惑(おもわく)を知っていれば、克さんに恋しなくて済んだかもしれないのに。いまさら嫌いになんてなれないよ、克さんのこと」

写真の中の祖母は、恋する人のとなりで幸せそうに微笑んでいた。

「おばあちゃんと一緒だね。本当に好きになっちゃったら、どんなことがあってもなかなか嫌いになんて……なれないよね」

祖母の顔に、ぽたりと涙が落ちる。しばらくそうしていると、家のインターフォンが鳴った。

「まぁ！　ええ、おりますよ。どうぞ」

急に玄関が騒がしい。階下の母の声がここまで聞こえる。

「一葉！　宮瀬さんよー！」

「え……」

ずきっと胸が痛んだ。まさか、家まで追いかけてくるとは思わなかった。

返事をせずにいると、母が階段を上り、部屋の前までくる。

「どうしたのよ。宮瀬さん、きてくれてるわよ？」

ドアをトントンと叩かれた。一葉はドアのそばまでいき、母に答える。

「会いたくないの。帰ってもらって」

「自分で言いなさい。とにかく開けて」

鍵を開けて、少しの隙間から母に訴える。

「彼の顔を見たくないの」

「……何があったの？」

「あとで話すから。とにかく、いまは帰ってもらって……！」

「一葉！」

バタンとドアを閉めたと同時に、階下から声が届いた。

「か、克さん……？」

「誤解があるなら解きたいんだ！　直接話をしたい！」

誤解？　一葉が何に怒っているのかを確かめたわけではないのに、なぜそんなふうに言うのだろう。

あの手紙はもとの場所にしまっておいた。もしかして、克が手紙の存在を知っているからこそ、原因に気がついたのかもしれない。もう何がなんだかわからない。

「いまは帰ってください……！　話とかできる状況じゃない、から……」

途中から涙ぐんで声にならなかった。

一葉の様子を窺(うかが)っていた母は、それ以上何も言わずに階下へ行く。しばらくして、玄関ドアが閉まった音がした。克が帰ったのだろう。

「あの手紙を見つけなければよかったのかな……」

再びベッドに突っ伏す。

（ううん、見つけてよかったんだ。見つけなければ私はきっと……子どもを産んだあとは克さんに見向きもされなくなる。それで用済みだもの）

スマホの着信音が鳴った。いま家から出ていったばかりのその人からだ。

「克さん⁉」

まだ、鳴り続けている。

「無理だよ、出られない。私いま、克さんに何を言ってしまうかわからない……！」

一葉は電源を切り、スマホを枕の下に押しこんだ。


月曜日、気まずいまま出社した。けれど、いつまで経っても克が現れない。普段早く出社をしている彼なのに、どうしたのだろう。

「あの、宮瀬部長、は？」

朝礼前にとなりの竹本に聞いてみる。

「今日から十日間の海外出張でしょ？　どうしたのふじちゃん。忘れちゃった？」

「あ、そうでした。そうだったんだ……」

顔を合わせることがなくてホッとしたような、寂しくてたまらないような、複雑な気持ちになる。

仕事が終わって自宅に帰っても、宮瀬家に行かない生活に違和感を覚えた。

食後の片づけを手伝ってから部屋へ行き、ゴロゴロしながらスマホをいじるも、全然頭に入ってこない。

「須磨子さん、大丈夫かな。奥さまも」

いくら具合がよくなったとはいえ、克がいないいま、何もかも一人でさせるのは大変だ。それに勝手に出てきてしまったことを怒っているかもしれない。

「心配だな。電話してみようか……」

一葉は起きあがり、スマホで宮瀬家に電話をした。

「あの、宮瀬さんのお宅でしょうか」

「さようでございます」

「新次郎さん？　あの、一葉です」

「一葉さま！　よくぞご無事で！」

ひどくほっとした様子で喜ばれる。どういう状況だと思われているのだろうか。

「えっと、全然無事ですけど、あの……」

「どうなさいました？」

「お母さまと須磨子さんは大丈夫ですか？　急に出てきてしまったので心配で」

「須磨子さんはもうぴんぴんしておりますし、奥さまは須磨子さんと一緒に仲よくごはんを作っていますよ。代行サービスの方とも意気投合しているようです」

「そう、ですか。……よかった」

ホッとしたと同時に、どこか張りつめていたものが切れてしまったような感覚に襲われる。

「一葉さまは、こちらへはお帰りにならないのですか？　私はお待ちしておりますよ。奥さまも、須磨子さんもきっと」

「ありがとうございます。お忙しい時間にすみませんでした。失礼します」

「あ、一葉さま、奥さまにおつなぎします」

「いいんです。皆さんに、急に出ていってごめんなさいと伝えてください。では」

新次郎の返事を聞かずに電話を切ってしまった。

(私がいてもいなくても、宮瀬家は大丈夫なんだ)

新次郎の言葉を聞いて安心はしたが、一葉の胸を寂しさがよぎる。

「当たり前じゃない。私が行く前はそうだったんだから。何をうぬぼれたこと言ってるんだろ」

苦笑した一葉は、スマホを手にしたまま枕に顔を押しつけた。

長いような短いような十日間だった。

克の仕事状況は営業部の情報で把握できていたが、直接克と話すのは上役だけだ。

一葉はこの十日間、ずっと同じことばかり考えていた。

どう見てもあれは克の祖父の筆跡だと思う。だが、どうしてあんな場所に置いてあったのか。いつも克が見返して、祖父の思いを確認していたから？　跡継ぎさえ作ればいいということを？

考えれば考えるほど悲しくなり、認めたくないという気持ちでいっぱいになる。克にわざわざ真実を聞くのが怖い。

いろいろな思いが巡り、気が重たいまま、答えは出なかった。

そして正午すぎ、克が部署に戻ってくる。彼は家に帰らず、空港から直接こちらへきたようだ。

「お疲れさまでした」

「ああ、ありがとう」

部下に声をかけられている克のそばに、社長が姿を見せる。

「宮瀬部長、お疲れさま」

わざわざ社長がフロアへくることは滅多にないのだが、どうしたのだろう。

「社長、ただいま帰りました。お待たせしてすみません」

「いや、いいんだよ」

部署全体がざわつく。社長を待たせていた……？

社長の穏やかな声と克の表情が、一葉の胸に不安をもたらした。イヤな予感がする。

「社長、大丈夫です。もうここで」

「そうか……わかった」

うなずいた社長はこちらを向いた。

「営業部のみんな、少しいいか？　宮瀬部長はこちらに」

克は荷物をデスクに置き、社長のとなりに立った。

「急ですまないが、宮瀬部長は今日付けで虹丘レザークラフトを退社する」

一葉は耳を疑った。同時にどよめきが起きる。

「みんなも知っていると思うが、宮瀬部長は二年前、私が我が社へ引き抜いた人材だ。彼は私の期待に応え、この短期間で我が社の低迷を救ってくれた。驚異的な判断力と行動力には目をみはるものがある。だが、彼はもともと、虹丘レザークラフトで働くのは最長で二年という契約だった」

社員たちはこのあとの社長の言葉を察したのか、目配せをし合っている。

「もし売りあげが低迷したままであれば残留すると言ってくれていたが、そこまでの必要がないほど我が社の売りあげは安定してきている。今回の海外での取引を終えたきりのいいところで、という話が出ていた。彼はその実績を買われて、いまや他の企業から引っ張りだこだ。私も誇りに思う。そして別の企業に行くことになった。いままで本当にありがとう、宮瀬部長」

「いいえ。この会社で、実にたくさんのことを学ばせていただきました。感謝するのは私のほうです」

ふたりが握手を交わす。そして克がみんなのほうを向いた。

「営業部のみんな、この二年間、私についてきてくれてありがとう。ずいぶんと無理なことを言ったと思う。未熟な私に応えてくれたことに大変感謝します。営業部は私がいなくても、大丈夫でしょう」

凛とした声が部署内に響き渡る。

「私の仕事はすでに課長へ引き継いでいます。わからないことは課長に聞き、そして課長を助け、社のためにいい製品を売ってください」

丁寧にお辞儀をした克は顔をあげ、照れたように笑った。

「急なことですまないな。その……送別会だのなんだの、そういうのが苦手なんだ」

その瞬間、社員たちから「なんで」「どうして」という声が起こった。

「谷崎課長、よろしくお願いします」

「わかりました。宮瀬部長、いままで本当に……ありがとうございました!!」

お辞儀をした課長は涙声だ。そのとき、全員が立ちあがった。

あとからあとから、営業部の男性たちの「ありがとうございました」という挨拶が聞こえる。すすり泣く者もいる。彼に駆け寄る者たちも。

一葉はどこか、他人事のようにその様子を見ていた。いつかの克の言葉が頭によぎる。

——もっとお前には、たくさんのことを教えておくんだったな。

料亭での克の言葉の意味は、彼がこの会社からいなくなるということだったのだ。

バカだと思った。克ではない、自分がだ。

あのときどうして、克が一葉をもっとしごくために言ったなどと勘違いをしたのだろう。言葉の意味をよく汲めばすぐにわかったのに。

そして先輩たちが言っていた噂話を克に振ってみれば、教えてくれたかもしれないのに……

営業部のみんなが、克が出ていくのを惜しんでいる。

人に厳しく、自分にはさらに厳しく、常に冷静な判断をくだしていく克は、部下からの信頼も厚く、女性社員にも人気がある素晴らしい上司だったのだ。

けれど、一葉は思う。

やはりこんなパーフェクトな人が自分を本気で好きになるわけがない、と。

みんなに囲まれた克は一葉のほうを見ることはなかった。一葉が彼の話を聞こうとしなかったのだ。彼はすでにあきらめたのだろう。言いわけと……一葉との婚約を。あんなにも祖父の遺言を守ろうとしていた彼があきらめるくらい、あの手紙がバレたことはまずかったのか。

「じゃあな。みんな、頑張れよ」

「お元気で、部長」

「次の職場はどこなんですか？」

「詳しいことは追って連絡するが、また都内だから会えるさ」

「じゃあ改めて送別会をさせてください！」

「だからそういうのは苦手だって言ってるだろ」

苦笑する克のそばから、みんな離れようとしない。

「それなら普通の飲み会ってことで！　いいよな、みんな？」

「そうですよ！　いくらなんでもこれでお別れだなんてひどいです」

社員たちが訴える。一葉は両手を胸の前で握りしめ、何も言えないでいた。

「わかったわかった、行くよ。じゃあ社長、これで失礼します」

「ああ、またな。本当にありがとう」

社長が手を振り、克はお辞儀をしながらみんなの間を通り抜ける。拍手が起こった。一葉はまだ手を握りしめたままだ。そうして、一葉のデスクに近づいた克が足を止めた。

一葉の胸がずきんと痛む。

彼はボストンバッグとスーツケースの他に小さな紙袋を持っていた。その紙袋を一葉のデスクにそっと置く。

「え……」

「ずっと前に飾ってくれたお礼だ、一葉」

一葉、の声は他の人に聞こえないほど小さかった。

克は一葉の肩をぽんと叩き、部署の出口へ向かう。みんなは一斉に見送りに向かい、そこでいいと克にどやされていた。

デスクに置かれた紙袋を一葉は手にする。とても軽い。

中を覗いてみる。

「あ……！」

それはプチブーケだった。白と赤とピンクの花が、柔らかな黄色のリボンでぎゅっとまとまっている。

「飾ってくれた、お礼……って」

忘れられていたと思っていた。けれど、克は忘れていなかった。

疲れ切って眠りこけていた克のデスクに、ブーケを分けてあげたこと。あのとき一葉の背中に向けた「ありがとう」の言葉は本物だった。偽りなんかじゃない。

(もしかしたら私、誤解をしていた……?)

克が嘘を言わないのは、彼の仕事ぶりを見ていればわかっていたはずなのに。

花を取り出そうとすると、一枚のカードが目に入る。一葉はそのカードを手にして、ひらいた。

一葉へ
お前が俺を信じられないのなら、それはもう、いい。お前に俺と結婚する気がないのもいい。ただ、俺は一葉と離れたくない。これまでのようにそばにいたい。俺が新しく呼ばれた会社に一緒にこないか? 待遇はいままでよりもいいはずだ。俺のワガママなのはわかっている。だが俺は、一葉のそばにいたい。　克

「……どういう、こと?」

部署のみんなが戻ってきた。興奮冷めやらずといったふうに、あれこれと言葉を交わし合っている。一葉は逆にその場を離れた。紙袋ごとブーケを持ち、小走りに部署を出る。

(克さんは、おじいさまを大切にするあまり、遺言のためだけに私と結婚することにしたんじゃな

いの？　なのに、結婚できなくても、私と一緒にいたいだなんて、それは……）

克が乗ったと思われるエレベーターは一階に到着した。ここは三階だ。待ちきれない。

一葉は階段を駆け下りた。三センチとはいえヒールの靴がもどかしい。制服のタイトスカートが太ももにはりついて不快だ。こんな状態でスピードが出せないのに、間に合うだろうか。

階段口を出て、会社のビルから飛び出す。駅の方向に克の後ろ姿をとらえた。

「克さん！」

彼の背中に向かって叫ぶ。目の前の道路を行き交う車の音に紛れて届かない。周りにいた人々が振り向いたが気にもせず、彼に向かってもう一度声を張りあげる。

「克さんっ!!」

ようやく立ち止まった克が、こちらを振り向いた。

「……一葉？」

「待ってください、待って……！」

足を止めた克のそばに駆け寄る。

「す、すみません。あの、お花と一緒に入っていたカードって、あれって……あの、本気ですか？」

「ああ、本気だ」

「意味がわかりません。だって、克さんは……だって」

「俺の話を聞いてくれるか」

彼は優しく微笑んでいた。

「……はい」

息が切れてうなずくことしかできないでいると、克がコートを脱いだ。

「着てろ」

「あ……」

肩にふわりとコートをかけてくれる。

「そんな、大丈夫です。克さんが寒いじゃないですか」

「いいんだよ。というかだな……」

克がこほんと咳ばらいをした。そして一葉をぎっと睨みつける。

「藤村、業務を途中で放り出すとは何事だ！」

「えっ、わっ、すみませんっ!!」

条件反射的に謝ると、克が苦笑した。

「お前の仕事が終わってからゆっくり話そう。俺はいったん荷物を家に置いてくる」

「いいんですか？」

「いいに決まってるだろう。俺はずっとお前と話がしたかったんだぞ？　やっとその気になってくれて嬉しいよ」

「克さん……」

彼はやはり大人なのだ。話も聞こうとしないで宮瀬家を飛び出した自分を、いまさらながらとても恥ずかしく感じる。

「車で迎えにいく。いまの時期なら五時半には終わるな？」

「えっと、多分」

「五時の時点でスマホに連絡くれ」

「わかりました」

一葉はコートを脱いで彼に返した。

「着ててもいいんだが」

「みんなにいろいろ詮索されちゃいます」

「そうか。……じゃあな」

「あのっ！」

行こうとした彼の腕をそっと引っ張る。

「なんだ？」

「お花、ありがとうございました」

「俺のほうこそ、ありがとう」

それはあのときと同じ「ありがとう」の声だった。


社に戻ると、早速先輩たちに何事かと聞かれたが、一葉は言葉を濁（にご）した。

竹本と染谷はとても心配している。最後まで克が一葉に厳しくしたと思ったようだ。それは逆だとだけ、ふたりに伝えた。

仕事を終えた一葉は、迎えにきた克の車の助手席に座る。ここに座るのは初めて宮瀬家に行った帰り以来だ。

「腹は減ってるか?」

「大丈夫です。克さんは?」

「俺も話がしたいから大丈夫だ」

フロントガラスにぽつぽつと雨粒が落ちてきた。

「雨だな……寒くないか?」

「十分あったかいです」

冬の雨は冷たいが、数日もすれば三月だ。雨のたびに少しずつ温かくなっていくこの季節が一葉は好きだった。

「このあたりでいいか」

会社からそう遠くない、高台の駐車場に車が停まる。平日の夜だからだろう、他に車は停まっていない。目の前に雨にぼやける夜景が見えた。

「まず俺の話からでいいか?」

「はい」

一葉は両手を握りしめる。

「一葉が宮瀬家を出たとき、ちょうど修が帰ってきたんだ」

「あ、それは私も見ました」

タクシーのなかから、修が家に帰っていくのはちらっと目にしていた。

「俺は一葉が何に怒っているのか見当がつかなかった。相当焦ってたんだろうな。そんな俺を見て、修が珍しく心配してきたんだよ。それで修に、一葉が何かに傷ついて出ていった、お前は何か知らないかと聞いたんだ。最初は思いあたる節はないようだったが、一葉の家から戻ったあとも一緒に考えてくれて……とんでもないことを告白した。多分それが原因だと。もし本当にそうなら、俺から先に謝っておく。すまないことをした」

「とんでもないこと、って？」

たずねると、克は大きく息を吐き、そして話し始めた。

「お前が誤解をしているのは、俺の祖父の手紙のことか？　俺あてに書かれた」

「……そうです。あの日、須磨子さんに指示されて、おじいさまのお部屋のお掃除をしました。その最中に見つけてしまったんです」

「やっぱりな。あれを信じたんだな？」

「信じました。預かった祖母の写真の裏を見て、筆跡を確認したんです。おじいさまの文字にそっくりだった。赤丸がついていたほうの文字は、克さんの文字と似ていると思いました」

「会社でいつも俺の字を見てるもんな」

「はい」

「お前が疑うのももっともだ」

「じゃあ……本当、なんですね。だから克さんは、どうしても……私と結婚したいって。私を好きだなんて嘘をついてまで……」

胸が痛くて張り裂けそうになるのを、ぐっとこらえる。

「あれが真実だと思うのか？」

「思いたくなんてないです……！　でも実際目にしてしまったら――」

「ほら、これを見ろ」

「え……？」

克はスーツの胸ポケットから折りたたまれた書類を出した。一葉は手渡されたそれを広げてみる。

「手紙の文字の筆跡鑑定の依頼書だ。筆跡鑑定は二週間ほどかかるらしい。結果が出たら一緒に見よう」

「意味がわからないんですけど……どういうことですか？」

「あの手紙は、修が偽装したものだ」

「えっ!?」

「偽物だ。祖父が書いたものじゃない。もちろん俺も書き入れていない」

「に、偽物って、なんでそんなことを、修さんが？」

一葉は思わず身を乗り出していた。

「一葉が宮瀬家に入ってしばらくしてからだったと思うが、お前、修に財産を狙っているとかなんとか言われただろう？」

「あ……言われました」

「家のことを心配して、お前を本気で追い出すために作ったらしい。そのまま結婚するとひどい目に遭うと思わせたかったそうだ。あいつはあいつなりに宮瀬家のことを心配していたんだ。だが、一葉が意外といい子で、金のために宮瀬家にいるわけじゃないとわかり、中止したと言っていた」

「そんな……」

「それらしく見せるために祖父の机の抽斗に入れておいたが、一葉が見つけるまで、片づけるのを忘れていたらしい。……ちょっと待ってろ」

克はスマホを取り出して、修とのメッセージのやり取りを見せた。

「私に向けたメッセージ、ですか？」

「ああ、そうだ。目の前で俺のところに送らせた。これから一葉と会うから、誤解を解いて謝れってな。読んでくれ」

「……わかりました」

読み終えて、ホッと息を吐く。そこには、手紙の真相と一葉への謝罪の言葉があったのだ。

「すまなかった」

「いえ！　私がきちんと克さんに話を聞かなかったのもいけないんです。それに修さんの気持ちもわかるから。だから私のほうこそ……ごめんなさい」

「人がよすぎるな、お前は」

「修さん、以前、克さんに財産目的で近づいた女性がいることを懸念していました。いきなり私のような女性が現れたら面白くないだろうし、家のことが心配なのは当然です」

一葉の手に、克がそっと自分の手を重ねた。

「いや、俺も祖父の決めた婚約者が自分と上手くやっていけるのか、宮瀬家の妻としてしっかり務めてくれるのかを試していたんだ」

「え……」

「もちろんお前に、仕事ができる見こみがあると思って厳しく接していたのは嘘じゃない。だがその一方で、俺にしごかれたくらいでくじけるような人間なら、俺との結婚は不幸にさせるだけだと思っていた」

「不幸？」

「そうだ。宮瀬家は不動産をたくさん持っている。その管理さえできれば、家賃収入だけで十分暮らしていける。それで父はあんなふうに自由に生きているし、この先も変わらないだろう」

志緒子に聞いた話と同じだ。

「だが、俺はそれに反対だ。いまのところは安泰でも、いつどうなるかは誰にもわからない。だから俺は家をつぶさないように必死に勉強をして、働いてきた。いまの会社に入ったのは社長に恩があったからだ。社長は昔、俺に仕事の大切さを教えてくれた人なんだよ」

一葉から書類を取り戻した克は、それを丁寧にたたんでポケットにしまう。

「そこで偶然お前がいることを知った。宮瀬家に入るにはそれ相応の覚悟をしてもらいたい。安穏とした生活が崩れたとき、それでも俺についてきてくれるのか、知りたかった」

「試して、どうでしたか？」

「合格点以上の女性だった。一葉以外の女性を妻にすることは俺には考えられない、そう思っているんだ。試すなどと失礼な考えを持った自分を許してほしい。……すまなかった」

克が一葉の手を強く握って、首を垂れる。

「許すも許さないも、飛びこんだのは私のほうです」

「一葉……」

「だから謝らないで、克さん」

「その強さに惹かれたんだ、俺は」

「あ」

克は一葉をそっと自分の胸に引き寄せた。

「虹丘レザークラフトにきて半年……会社の立て直しに躍起になっていた俺は、疲れがピークに達していた。須磨子さんのぎっくり腰のこともあってな」

「お家のことも全部やっていたんですよね……」

「ああ。あの朝も、早朝出勤をしてひと仕事終えた俺は、ついうたたねしてしまったんだ。何かの気配に目が覚めるとデスクに花が活けてあった。誰が？　と顔をあげた先に、一葉の背中があった」

後ろからかけられたあの声は、当時の克の声とは思えないほど穏やかで優しいものだった。

「あの花は本当に嬉しかったよ。あの瞬間から俺は、一葉を好きになっていた」

一葉の胸にじんわりと幸せな気持ちが広がっていく。

「私はあのときの克さんの、ありがとうっていう声が、いまでも忘れられません。克さんはとっくに忘れていたと思ってたから、さっきは本当に嬉しかったんです」

応えるように、克は一葉の背中を優しくなでさする。

「あの丸い花の花言葉を知っていたか？」

「丸い花？」

「ピンポンマムという、菊の一種だ」

花をあげた一葉に、克が名前をたずねた花だ。

「まん丸の可愛いお花ですよね。……でも、花言葉は知りません」

「花言葉は『君を愛す』」

「えっ!?」

意味もわからず、そんな花言葉の花を渡していたとは、顔から火が出そうだ。

克の腕の中であたふたしていると、彼が一葉の顔を覗きこんだ。

「他にもある。『私を信じて』だ」

「私を信じて……」

「お前に花を分けてもらった日、家に帰ってなんの気なしに、一葉が名前を教えてくれた花を検索したんだよ。『私を信じて』なんて花言葉が言葉が出てきたら、運命だと思うじゃないか」

「どうしてですか？」

一葉は首をかしげた。

「お前を試していた、というのは、裏を返せばお前に対して、俺はまだ警戒していたということだ。だが、俺に何を言われても、負けじと頑張っているけなげなお前を見ていると、遺言だの家のことだのに、こだわりすぎていたんじゃないかと思い始めていた。そんなときに、『私を信じて』なんていう花言葉のある花をもらったら……落ちるよな」

克が困ったように笑った。

「私、そんな花言葉があっただなんて、全然知らなくて」

「わかってる。お前がそんな手のこんだことをするとは思えないからな」

どういう意味ですかとぼやくと、彼は悪かったと言ってまた笑う。

「これは俺が勝手に解釈したことだ。お前は本当になんというか……悪いことを考えつくような人間には、とても見えなかった。それは宮瀬家に入ってくれてから、より一層感じたことだ」

克はずっと一葉を見ていた。一葉が克を鬼上司だと嘆いていたあのころ、彼は一葉のことを理解しようとし、見えない愛情を注いでくれていたのだ。

伏せていた顔を克の手で上に向けられた。強いまなざしが一葉の瞳に重なる。

「一葉、改めて言う。俺と……結婚してくれ」

一瞬、声が出なかった。嬉しさと幸せな気持ちで胸がいっぱいになり、視界があっと言う間に涙で歪む。

「……はい。よろしく、お願いします」

「俺のほうこそ、よろしく頼む」

「はい……！」

誤解が解け、ようやく心が通じ合ったふたりは互いの体を強く抱きしめ合った。降り続く雨の音を車窓越しに聞きながら、ずっと。


一葉は克と軽く食事をしたあと、宮瀬家に帰った。

邸は玄関の明かりだけで、あとは真っ暗だ。鍵を開けた克が玄関に入って説明をする。

「修は、さっき俺が家に帰ってすぐに出かけた。彼女の家に泊まりで、明日も帰らないそうだ」

「そ、そうですか」

相変わらず自由奔放である。

「母さんと須磨子さんはどこに行っていると思う？」

「おふたりでお出かけですか？」

「実は一葉が出ていってすぐ、ふたりはとても心配していた。俺が出張で家を離れるから帰らせたんだとごまかしたら、安心したようだ」

「そうだったんですか……、すみません」

「それで、須磨子さんの脚の養生にいいといって、おとといから三泊四日の温泉に行ってるんだよ」

「わぁ！　それは素敵ですね！」

「運転手が新次郎だ。彼も泊まってくる。もちろん母たちとは別の部屋だが。だから、俺が出張で家に誰もいなくなっていた間は修がいてくれたんだ。ようやく今日、俺と交代したってわけだ」

「あの修さんが……」

何もしなかった彼が、だいぶ変わったものだと思う。

「ん？　ということは」

「珍しいだろ？　この家には今夜、俺とお前しかいない。いや、明日もだな」

靴を脱いだ一葉に、克がニヤリと笑った。

「えっ！」

「仲直りもできたし、お前を好きなだけ、抱き放題ってところだな」

「な、なっ」

誰もいない家で克に抱かれ放題……。想像しただけで足もとがフラついた一葉の腰を、克が力強く支えた。

「いいだろ？　もうなんの気兼ねもいらない、障害もない。一葉を堪能させてくれ」

一葉の胸がドキンとする。

「た、堪能って」

「好きだ、一葉」

「あ……んっ」

まだ玄関ホールにあがったばかりの、電気すらついていない場所で唇を奪われた。久しぶりの彼の感触にうっとりしながら唇を合わせ、舌を絡ませる。誤解が解けてよかったと心から思う。幸せな思いで一葉も克を味わいながら、「堪能」という言葉がぴったりだと思った。

「一緒に風呂に入ろうか」

唇を離したとたん、克が言った。

「えっ！」

「前に『そのうち』って約束しただろ」

「う……はい」

確かにそのうちとは言っていたが、約束はしただろうか？

けれど、否定してもしょうがない。今夜は誰もいないのだから、恥ずかしがっても意味がないのだ。

早速熱めのお湯を沸かし、ふたりで湯船に入る。

「気持ちいいな……」

「……はい、でも」

「まだ恥ずかしがってるのか……いい加減に慣れろ」

克は一葉を後ろから抱えこむようにしている。

「な、慣れませんよ、全然……！」

家の中が寒かったので、とりあえずさっとシャワーで体を流してすぐに湯船に入ったのだが……

明るいところで、それも宮瀬家のお風呂にふたりでいることが恥ずかしかった。

「またマッサージするか？」

「えっ」

「気持ちよさそうだったもんな、お前。ボディーソープで洗ってやるよ」

「んっ」

ちり、と耳を甘噛みされたと同時に、後ろから胸をやわやわと揉まれる。

「も、のぼせちゃう、から……っ」

「じゃあ洗ってもいいな？」

「う……、はい」

熱いため息を吐いて了承する。克はどこまでも楽しそうだ。

湯船からあがると、先に髪を洗いっこした。一葉の髪は柔らかくて可愛いと、克が甘い言葉をかけてくる。美容院以外で人に洗ってもらうのは不思議な感じがした。

克の髪はしなやかで、洗い終わったあとの水がしたたる様子が色っぽい。

「さて、と。いよいよこっちか」

「いよいよってなんですか、もう」

しゃがんでいた一葉を立ちあがらせ、克はボディソープを手にする。手のひらに広げたそれを、克は一葉の体に塗りたくった。

「あっ、そんな……いきなり……っ！」

オイルマッサージのときとは違い、克は性急だ。一葉の背中から腰、そして腕と腋（わき）を通ってから両胸をなでている。先端があっという間に尖ってしまった。

「あんっ、ダメェ……！」

気持ちよさに体をよじらせるも、彼の手はお尻や太ももまで伸び、一葉を快楽へと連れていく。湯気が満たされた空間で、身もだえする一葉の手に克がソープを持たせた。

「お前もやってくれ」

「あ……はい」

感じてしまって脚がガクガクするのだが、手のひらいっぱいにボディソープをのせて、なんとか克の体に塗った。お互いに塗り合いながら体を押しつけ合う。

克のそこはすでに硬くそそり立ち、一葉の体を使って何度も上下にこすりつけていた。一葉も妙な気持ちになっていく。たぶんもう、糸を引くくらいに入り口が濡れているはずだ。

「ここ、触ってほしいか」

「あっ」

いま考えていた狭間を、指でちょんと突っつかれた。

「ん……触って、ください」

「素直になったな。いい子だ……」

克は一葉の前にしゃがみ、触ってほしかった場所に指を差し入れた。

「あ、ああ」

明るい場所で克がそこを間近に見ている。恥ずかしいのだが、快感に負けてしまう。悶(もだ)える一葉が彼の頭に手を置くと、違う快感に貫(つらぬ)かれた。

「んぁっ！　な、何……？」

見下ろすと、克が一葉の蜜の入り口に舌を差し入れている。あまりの恥ずかしさに頭に血が上り、腰を引く。

「やっ、ダメ！」

「どうしてだ？」

「恥ずかしすぎるし、汚い、ですっ」

「いま洗ったばかりだ、汚いことなんてない。洗ってなくても、舐めたい」

克は、逃げるそこに唇をぐいぐいと押しつけ、そしてじゅっと吸った。一葉の体が快感にびくんびくんと揺れてしまう。

「あっ、やぁっ」

わざと音を立てているのだろうか。風呂場中に淫(みだ)らな音が響いて、羞恥(しゅうち)から逃(のが)れられない。

「もっと舐めさせてくれ、一葉」

お尻を掴まれてしまい、ぬるぬるとした克の舌が一葉の粒を剥(む)き出しにする。強い刺激が一葉を襲った。

「んあっ、ああ……っ！　ダメッ！」

「いつでもイッていいからな」

ずうずうと強く吸われてしまい、もう達するしか道がない。

「イッちゃう、イッ……んっ、んんーっ！」

風呂場に一葉の嬌声(きょうせい)が響き渡る。隣家が離れていて本当によかったと思う。誰もいない家の中でふたりきり、一葉は快感に没頭できる幸せに浸った。

ぐったりした一葉に克がシャワーをかける。湯船とシャワーの湯気の中、快感も相まって視界がぼやけた。

「よかったか……？」

「は、は、い……」

よろける一葉をそっと抱き寄せた克が、優しい声で命令した。

「一葉、後ろ向いて」

「え、はい」

一葉の背中を洗い流してくれる。克も自分の体を流していた。そろそろ終わりかなというころにシャワーが止まった。

「一葉、壁に手をついてくれ」

「え？」

「挿れるぞ」

「嘘っ、ここで……!?」

顔を振り向かせると、克が避妊具をつけている。彼のモノははちきれんばかりに大きくなっていた。

「克さん、いつの間に……？」

「今夜はひと晩中、どこでも抱くからな。覚悟してろよ？」

「でも……あうっ！」

お尻を掴まれた瞬間、その硬くて太いモノを後ろからずぐりと奥まで挿(い)れられた。イッたばかりのナカが、本当に求めていたモノをくわえこんで悦(よろこ)ぶ。

「あ……、あ」

今度こそ立っていられなくなりそうで、一葉は壁に両手をついた。

「すごくいいよ……一葉……っ」

克が甘く切ない声を出すから、一葉の下腹まできゅんとうずいてしまう。一葉のうなじを舐めしゃぶっていた克は、動きを速めていく。肌がぶつかり合う音が浴室に卑猥(ひわい)に反響した。

「あ、ああ……克、さんっ！　あんっ、あっ！」

克を受け入れているそこは、すっかり熟しきっており、出し入れされるたびにぐちゅぐちゅと水音を振りまく。その愛液が太ももに、つっと垂れてきた。

「一葉、いいのか？」

「いいで、すっ、すごく、あうっ、ああっ！」

激しく突かれながら、一葉も合わせて腰を動かしていた。こんな格好で乱れて悲鳴をあげている自分が信じられない。

「もう……私っ……！」

駆け上る快感に身を投じようとしたところで、彼のモノが引き抜かれた。

「ダメだ」

「え……なん、で？」

もう少しだったのに……。泣きそうになる一葉の体を克は自分のほうへ向けさせる。

「俺の顔を見てイクんだ」

「あっ！」

片脚を持ちあげられ、ひらいた蜜の入り口へ、彼のモノが無理やりねじこまれた。

「ん、んぁっ！」

太い杭が一葉のナカを暴れまわる。湯気の中、目の前がちかちかとしてきた。

「いいか？　一葉」

「んっ、いい、ですっ、いいっ」

彼の背中に手を回して一緒に腰を動かした。快感があとからあとから押し寄せ、一葉を翻弄する。

「もっと、もっとして……！」

うなされたように、同じ言葉を繰り返す。そして克は一葉のもう片方の脚も持ちあげ、体ごと壁に押しつけた。

「好きだ、一葉っ……！」

「ああっ！　私も、好き……っ！」

波に揺られているような浮遊感の中、克の言葉に応える。背中にあたる冷たい壁が、熱い体に気持ちがいい。

「愛してるよ」

「……っ！」

思わぬ言葉に一瞬動きが止まる。甘美な魔法の言葉はまたたく間に、一葉を幸せの境地へ導いた。

「お前は？　俺のことを愛してるか？」

自分を求める瞳に、心も体も応えたくてたまらない。だからもうためらいなく言える。

「愛して、ます……っ！」

「もっと言ってくれ」

「愛して、るっ！　愛してるの、克さん……！」

愛していると言うたびに、奥深くまで克のモノで抉られた。

「一緒にイクぞ、一葉っ」

「んっ、克、さんっっ!!」

湯気のもやと、達した瞬間のきらめきに身を委ねる。汗ばんだ背中を反らし、密着するそこが大きく震えた。

風呂を出たふたりは克の部屋に移動する。そうして結局、一葉は深夜まで散々抱かれてしまった。

海外出張から帰ったばかりだというのに、タフな人だとぐったりしながら思う。

ベッドの中でも、克は一葉を抱きしめていた。

「……一葉」

「はい……」

「早く結婚しよう。もう待ちきれない」

「克さん」

彼の妻になる実感を幸せとともにかみしめる。

会社のみんなはきっと驚くだろうなとのんきに思っていると、克が言った。

「早速明日は一緒に婚約指輪を選びに行くからな」

「も、もうですか⁉」

「当たり前だろう。誤解も解け晴れて一緒にいられるようになったんだ。これ以上俺をじらすな」

あっけに取られていると、念を押すように克が瞳を覗きこむ。

「わかったな？」

「は……はい」

「よし、いい子だ。明日、お前の気に入る指輪を買おう。そうだ、新婚旅行も行こうな？」

「嬉しいです」

「どこがいい？　どこでもいいぞ？」

克は一葉の髪をなでながら、たずねる。

「私も、克さんと一緒ならどこでもいいです。あ、でも」

「ん？」

「お皿を買いに行けるところ、がいいかな」

「なんだ、それは？」

克の父親、穣の皿を割ってしまったことは、一葉の気がかりだ。

「あれは骨董品だから二度と同じものが買えないってわかっています。だからせめて似たものを探したいんです」

一葉の言葉を受けた克は、やっとそれが穣のお気に入りの皿だということに気づいたようだ。

「バカだな、一葉は。いつまでそんなことを気にしているんだ」

「私、宮瀬家の皆さんが大好きなんです。克さんのお父さまは、初めから私に寛容でした。だからいつか絶対に、あのお皿に代わるものをお父さまに渡すんだって、決めてました」

穣の寛容さにはいまも感謝しているから。

「そうか。父さんも喜ぶよ」

一葉の決心を見て、克も納得したのだろう。

「そうだといいんですけど……」

「誰もあんなこと気にしていないから大丈夫だ。ところで」

「はい」

「宮瀬家の人が大好きと言ったな」

「えっと、はい」

「俺のことが一番だよな？」

「え？」

あまりにも真剣に聞いてくるので、一葉は笑いがこみあげてくる。

「ふっ、くくっ」

「何がおかしいんだ。俺は真剣なんだぞ?」

「だって、克さんって可愛いなって」

「笑ってないで教えろ」

「克さんが一番です。この世で一番、克さんを愛しています!」

彼の頬にキスをすると、克が顔を赤らめた。こんな顔は初めて見たかもしれない。

「俺も、世界で一番、一葉を愛しているからな」

克は心から嬉しそうに言って、一葉をぎゅううっと抱きしめる。一葉もこの幸せを胸いっぱいに吸いこみ、克の体をぎゅううっと抱きしめ返した。


薫風(くんぷう)きらめく五月下旬の日曜日。

さわやかな陽気の中、宮瀬家と藤村家の挙式、結婚披露宴が都内のホテルでおこなわれる。

「私たちがねぇ、結婚式の招待状を見てどれだけ驚いたか、わかってるの?」

「まったく、驚きすぎてシワができるところだったわよ」

控室にきた竹本と染谷が一葉にこそっと言った。彼女たちは挙式にも参加してくれる。

「す、すみませんです、はい」

ウェディングドレスに身を包んでいる一葉は、いたたまれなくなった。そんな一葉の肩を竹本と染谷が同時にぽんと叩く。

「冗談よ。よかったね、ふじちゃん。おめでとう」

「あの部長にどうやって落とされたのよ？　あとで教えなさいよね？」

「は、はい」

克に彼の新しい職場にこないかと誘われたが、一葉は虹丘レザークラフトに残ることにした。せっかく仕事ができるようになってきたのだ。克が教えてくれたことを踏まえて、営業事務として頑張りたい。そう克に伝えると、彼も嬉しそうに賛成してくれた。花嫁としてそばにいてくれるならそれで満足だとも。

少し離れたところで克が彼の友人たちと話をしている。そして親族が集まってきた。

「これこそコングラッチュレーションッ‼　だなっ‼　克っ‼」

穣が現れた。去年の秋に宮瀬家で花嫁修業が始まったときに会った以来だ。さすがに今日は普通の燕尾服(えんびふく)を着ている。

「ああ。ありがとう」

テンションの高い父に対し、克はいつも通りの落ち着いた受け答えをする。

「おおっ！　あなたが藤村さんっ！」

一葉の両親が入ってくるなり、穣がそちらへ行って挨拶を始めた。一葉の両親は若干引き気味だ。となりで志緒子がにこにこと笑っている。

穣が不在ということで結納はしていない。代わりに、食事会という名目で一葉の両親と志緒子は何度か会っていた。

「おいおい、マジで初対面なのかよ。うちの親父ってすげぇな」

一葉のそばにきた修がぶつぶつと言った。そして椅子に座った一葉を見やる。

「綺麗じゃん、一葉さん」

「あ、ありがとう」

「今日から俺のお義姉さんかー。何をしてもらおうかなー」

「どうせ宮瀬家でこき使うんですよね……？」

「しばらく一緒にいるとわかるもんなんだね、すごいよ」

へえ、と修が目を丸くして言った。全然嬉しくない褒められ方だが、彼とはこの先、たぶん上手くやっていけるだろうという確信がある。偽物の手紙の鑑定結果を克と一緒に確認し、修は改めて一葉に謝っていた。そのときに一葉なら宮瀬家に入ってもいい、と言ってくれたのだ。


チャペル式の教会で挙式は滞りなく執りおこなわれた。

教会を出ると階段の下には、ふたりを迎えるために両親や親戚、友人たちが並んで道を作っている。昼前の陽ざしは、緑の多いあたり一面を輝かせていた。

一葉は、こちらを見あげるみんなに向けて笑顔で応える。

「すごいな、俺たち」

「何がですか？」

「遺言通りに結婚したんだぞ？」

克の腕に手をかけて、一緒に階段をゆっくりと下りていく。

「そうですね。おばあちゃんたちの長い時を経て……なんだかドラマみたい」

「作り物じゃない、本物の愛だ」

思わずその言葉に、彼の横顔を見つめた。

「克さんって」

「ん？」

「恥ずかしげもなく、そういうこと言っちゃいますよね」

「……悪いか」

不機嫌そうな顔になる。そんなふうにすねる克も可愛くて大好きだ。

「ううん。ギャップがあって、そこにもすごく惹かれます」

足を止めた一葉は背伸びをした。

「大好き」

みんなの前で彼の頬に、ちゅっとキスをする。おお、とどよめきが起こった。見る間に克の顔が赤くなっていく。

「な……っ、何をするんだ、お前は」

「克さんがうろたえる姿を見てみたかったんです」

クスッと笑うと、じろりと睨まれた。

「覚えてろよ？」

「な、なんですか？」

「あとでたくさんお返ししてやるからな……ひと晩中、いろいろと」

一葉の耳もとで言う克はもう、いつも通りの彼だった。

「……待ってます」

うなずき、また歩みを進める。階段の下まで行くと、カメラマンがふたりに向けて何度もシャッターを切った。

「前に、愛が生まれるかもしれないって言っただろ?」

「言ってましたよね」

「どうだった……?」

「わかってるクセに。とっくに生まれてます」

「俺はお前よりずっと前に、生まれていたけどな」

視線を合わせてクスッと笑い合った。

「愛してるよ、一葉」

「私も愛してます、克さん」

初夏の陽だまりにフラワーシャワーとおめでとうの声が降るなか、ふたりはどちらからともなく唇を重ねた。

エタニティ文庫

ハジメテの彼がお見合い相手に!?

エタニティ文庫・赤

エタニティ文庫・赤

今日はあなたと恋日和

葉嶋ナノハ　　装丁イラスト／rioka

文庫本／定価 640 円＋税

地味 OL の七緒(ななお)は、お見合いを数日後に控えたある日、運命の出逢いをする。鎌倉で、和装男子に一目惚れしたのだ。自らの想いのままに彼と一夜を共にした七緒。だが翌日、彼にはすでに決まった相手がいると知り、ひっそりと彼のもとを去った。そして沈んだ心のままお見合いに臨んだ七緒だったが、なんとその席に現れたのは一夜を過ごした彼で……!?

※エタニティブックスは大人の女性のための恋愛小説レーベルです。ロゴマークの色で性描写の有無を判断することができます(赤・一定以上の性描写あり、ロゼ・性描写あり、白・性描写なし)。

詳しくは公式サイトにてご確認ください。
http://www.eternity-books.com/

携帯サイトはこちらから!

金曜日はピアノ
葉嶋ナノハ
Nanoha Hashima
胸をかきむしって
号泣したくなる、
珠玉の恋愛小説
第5回
アルファポリス
「恋愛小説大賞」
大賞受賞作品
電車に揺られている私の膝の上には、
楽譜が入ったキャンバストート。
懐かしい旋律を奏でる彼の指が、
私へたくさんのことを教えてくれる。
雨の日に出逢った先生のもとへ通うのは、
週に一度の金曜日。
哀しく甘い、二人だけのレッスン。
文庫判　定価：620円+税　Illustration：ハルカゼ

葉嶋ナノハ（はしまなのは）
2009年1月にwebサイト「はななぬか」を開設、小説を書き始める。2012年「金曜日はピアノ」にて第5回アルファポリス恋愛小説大賞を受賞。2013年に同作で出版デビューに至る。

イラスト：天路ゆうつづ

花嫁修業はご遠慮します

葉嶋ナノハ（はしまなのは）

2017年12月25日初版発行

編集－黒倉あゆ子・羽藤瞳
編集長－塙綾子
発行者－梶本雄介
発行所－株式会社アルファポリス
〒150-6005 東京都渋谷区恵比寿4-20-3 恵比寿ガーデンプレイスタワー5F
TEL 03-6277-1601（営業） 03-6277-1602（編集）
URL http://www.alphapolis.co.jp/
発売元－株式会社星雲社
〒112-0005東京都文京区水道1-3-30
TEL 03-3868-3275
装丁イラスト－天路ゆうつづ
装丁デザイン－ansyyqdesign
印刷－大日本印刷株式会社

価格はカバーに表示されてあります。
落丁乱丁の場合はアルファポリスまでご連絡ください。
送料は小社負担でお取り替えします。

ISBN978-4-434-24100-0 C0093